[日] 谷崎润一郎 著

郑民钦 译

猫与庄造与两个女人

中国出版集团

现代出版社

目录

猫与庄造与两个女人

福子太太，请您原谅我。我冒充雪子给您写这封信，当然我不是雪子。我这么一说，其实在您拆开信函的那一刻，大概就明白我是谁了，心想"果然是那个女人"，而且立刻怒气冲冲，怪我实在不懂礼貌……竟然私自冒用朋友的名字给自己写信，这是一个多么厚颜无耻的女人啊！不过，请福子太太体谅，我知道，如果我在信封背面写上自己的真名实姓，肯定会被那个人看到，被他一把抢过去。这封信我无论如何想让您亲自阅读，所以只好采取如此下策，不过请您放心，我绝不会向您抱怨哭诉什么。要真想那样的话，我会写上比这封信多十倍、二十倍的长信还觉得不够诉说。事到如今，夫复何言。哦呵呵呵……我吃尽苦头，现在变得坚强了，不像以前那样终日以泪洗面，虽然还有很多想哭的委屈的事情，但我根本不去想它，我决心开朗地活下去。

说真的，一个人会有什么样的命运，只有神知道，所以羡慕或者嫉妒别人的生活，实在愚不可及。尽管我是一个没受过多少教育的女人，但也知道直接给您写信有失礼仪，不过此事已经委托塚本先生提过多次，由于他不肯答应，所以别无他法，只好拜托您。

您听起来也许觉得是一件很难办的事，其实并非如此，一点儿也不麻烦。只想从你们的家庭里得到一件东西，当然这并不是说把那个人还给我。我想要的是一件非常微不足道、不足挂齿的东西……我想要莉莉。

我听塚本先生说，他愿意把莉莉给我，只是因为太太福子舍不得。真是这样的吗？这是我唯一的要求，您是打算阻挠我的要求吗？请您想一想，我把比我的生命还宝贵的男人……不仅如此，还有和他共同营造的快乐家庭，这一切的一切，都毫无保留地让给您了。我一件东西，连一块碗片都没有带出来，甚至我的嫁妆也没有完全还给我。不过，这些容易触景生情让人感伤的东西没有也罢，但至少也要把莉莉让给我吧？除此之外，我不会提其他任何无理的要求。你们对我百般欺负凌辱，我都一忍再忍，做出巨大的牺牲，相比之下，难道我想要一只猫，就是恬不知耻的要求吗？这只小动物对您来说完全是可有可无，但它会极大地慰藉我的孤独……虽然我并不认为自己懦弱，但莉莉不在身边的确会感到孤单。

　　……所以，除了这只猫，这世间没有任何一个人能够陪伴我。我已经被您打得体无完肤，难道您还想继续折磨我吗？难道您是一个对如今孤苦伶仃、无依无靠的我竟然没有丝毫同情心的冷血之人吗？不，我深知您不是这样的人。舍不得莉莉的，不是您，而是他，一定是这样的。因为他非常喜欢莉莉。他总是说"我可以和你分开，但无法和这只猫分开"。平时无论吃饭睡觉，都更疼爱莉莉。可是，他为什么不老老实实地承认自己舍不得猫，而是推说是您不愿意呢？请您好好考虑其中的原委吧！

　　……他喜新厌旧，把我赶出来，和您住在一起。以前和我生活的时候，他需要猫，现在莉莉应该妨碍他生活了吧？或者还是和以前一样，没有莉莉就觉得生活不满足呢？倘若如此，您就和我一样，在他眼里，我们不是都不如猫吗？哦，实在对不起，我是言不由衷……我认为他不至于会说出那样的傻话。不过，他隐瞒真心话，却把责任推给您，这证明他还是多少有点心虚……哦呵呵呵呵，他想怎么说就怎么说，这已经和我无关。

不过嘛，您还真的要小心为好。别以为充其量不过是一只猫咪的事情，不当一回事，弄得不好，甚至您也不如一只猫。我绝对不是说你的坏话。我这么说，与其说是为我自己好，不如说是为您着想，还是尽快让莉莉离开他身边吧。如果连这个都不同意，您不觉得奇怪吗？

福子把信中的一字一句都记在心头，然后不动声色地观察庄造和莉莉的一举一动。庄造正在喝酒，下酒菜是二杯醋①泡小竹篓鱼，他啜一口酒，把酒盅一搁，叫一声"莉莉"，然后用筷子把一条竹篓鱼高高挑起来。莉莉用后脚站起来，前脚搭在椭圆形的矮脚餐桌边缘上，目不转睛地盯着盘里的小鱼，那模样就像倚靠在酒吧间吧台旁的顾客，又像是巴黎圣母院的怪兽②。当庄造把小鱼举到它头顶上时，那鼻子急促地抽动起来，张开机灵的大眼睛，就像人吃惊时候那样圆睁双眼，仰望着小鱼。但是，庄造并不轻易给它，说着"来了……"，将小鱼在它

①二杯醋，即酱油醋，将大致相等的酱油和醋混合在一起制作的调味品。（如无特别说明，本文注释均为译注）
②怪兽，指滴水嘴兽。

的鼻尖前晃一下，却送到自己嘴里，把渗进鱼身里的酱油醋汁刺溜刺溜吸干净，再把看似坚硬的骨头咬碎，接着又把小鱼举到猫咪前面，忽远忽近忽高忽低地逗它。莉莉的前脚离开餐桌，从胸部两侧举上去，像幽灵的一双手，摇摇晃晃地一边走着一边追逐诱饵目标。庄造把小鱼举到莉莉的头顶上，停住不动，莉莉瞄准目标，猛劲儿往上蹦，同时伸出前脚迅速捕抓，但往往没有扑到，于是再来一次，这样一般都要花费五分钟甚至十分钟才能抓到竹筴鱼。

庄造总是不厌其烦地重复这样做，喂猫一条鱼，自己喝一杯酒。他一边叫唤"莉莉……"一边又夹起一条竹筴鱼。盘子上摆着十二三条大约二寸大小的竹筴鱼，他自己吃下去的不过三四条，其他的只是吸干鱼身里的酱油醋汁，把鱼都喂了莉莉。

"哎哟哟哟……疼！疼！"

一会儿，莉莉突然跳上他的肩膀，用爪子挠他的肉，庄造就怪叫起来："喂！下来！你给我下来！"

九月已经过半，秋老虎的威力开始减弱，可是胖人依然怕热。庄造爱出汗，于是把餐桌搬到上次暴雨过后留下淤泥的廊檐下，在短袖衬衫外裹一件围腰，下面一条麻布短细腿裤，盘腿坐着。莉莉一下子跳上他那圆滚滚山丘般隆起的肩膀，为防止滑溜下来，便使劲用爪子抓住上面的肌肉。爪子透过薄薄的绉绸衬衣抠进肉里。

"啊，疼！疼！"庄造一边叫唤起来，"喂，快下来！"一边摇晃着倾斜肩膀，但猫咪为了不让自己掉下来，脚爪更加用力，结果衬衣上渗出点点鲜血。

不过，庄造也只是抱怨道"瞧你这闹腾劲儿"，一点儿也没有生气的样子。莉莉似乎深谙主人的脾气，将自己的脸贴在主人的脸颊上磨蹭着讨好，见庄造嘴里叼着鱼，便大胆地把嘴巴凑上去。于是庄造一边咀嚼着，一边用舌头把鱼送给它。莉莉迅速地咬住，有时候一口把鱼咬过来，还顺便开心地用舌头在主人的嘴边舔一圈，有时候与庄造各自咬住两端，互相拉扯，这时庄造发出"呜、呜"或者"噗、噗"的声音，还会说"你着啥急啊！"，又是皱眉头，又是吐唾沫，看上去和猫咪一样高兴。

"喂，你怎么回事？"

庄造和莉莉玩闹一阵后，和平时一样，若无其事地把酒杯向妻子伸过去，忽然觉得有点不对劲，不由得小心地瞟了她一眼。刚才还高高兴兴的妻子竟然不给他斟酒，抱着胳膊，目不转睛地正面盯着他。

"没酒了吗？"

庄造把伸出的手收回来，提心吊胆地窥探对方的眼神。妻子没有丝毫退缩的样子，说道："我有话对你说。"

说罢，她显得有些苦恼，没有继续说下去。

"怎么啦？嗯，什么事？"

"你把这只猫送给品子吧。"

"你说什么？"

妻子突然间莫名其妙地冒出这句蛮不讲理的话。庄造眨巴着眼睛，妻子毫不示弱，板着面孔，这让他越发摸不着头脑。

"你怎么冷不丁——"

"你甭问为什么，送给她就是了。明天把塚本先生叫来，立刻交给他。"

"你说说这是怎么回事啊。"

"你不愿意，是吧？"

"别急别急！你说出个原因来。这不让我为难吗？有什么事让你不高兴？"

吃莉莉的醋了？——庄造想到这一点儿，可他还是觉得无法理解，妻子应该知道自己喜欢猫。当庄造和前妻品子还生活在一起的时候，品子就经常吃莉莉的醋。当福子听说后，还嘲笑品子不懂事理。她既然了解这些情况，也就是在认可庄造喜欢猫的前提下住进来的。住进来以后，虽然没有像庄造那样过分，但也跟他一样疼爱猫，每日三餐，夫妇俩面对餐桌吃饭的时候，莉莉总是趴在他们之间，也没听见她抱怨什么。

福子不仅没有怨言，而且庄造就像今天这样，每次在晚餐时一边和莉莉逗乐一边喝酒，福子总是兴致勃勃地在一旁观看丈夫与猫咪表演的如马戏团节目般的奇妙场景，有时自己也加入进来，给猫喂食，让猫跳到自己身上。正因为有猫的存在，他们的新婚生活更加融洽愉快，餐桌上的气氛也十分开朗欢快，莉莉没有成为他们之间感情交融的障碍。

可是，今天究竟是什么原因呢？昨天，不，刚才，在庄造喝了五六杯酒之前，还一点儿事儿都没有，突然间形势急转直下，难道是自己没有意识到的些微小事惹她生气了？也可能因为她忽然觉得品子很可怜，才说出"把莉莉送给品子吧"这句话来？

说起来，品子离开这个家的时候，曾提出要把莉莉带走作为交换条件，后来还通过塚本提起两三次，这的确是事实，可是庄造觉得最好别理这个茬儿，每次都予以拒绝。按塚本的说法，一个把老婆赶出门、把别的女人招进门的喜新厌旧的不忠于爱情的男人，有什么可留恋的。可是，品子至今还是忘不了庄造，虽然心里也极力想去憎恨他，却怎么也恨不起来。最后想要一个东西放在身边，可以时常回忆起往日的生活，这个纪念品就是莉莉，当初和庄造一起生活的时候，她对庄造溺爱莉莉心存嫉妒，背地里还虐待过莉莉，可是如今家里的一切东西都令她留恋，其中最可爱的莫过于莉莉，至少可以把它当作庄造的孩子，放在自己身边疼爱，对自己寂寞悲伤的心情多少有所慰藉。

塚本说："我说啊，石井①君，不就是一只猫吗？人家都这

---

①庄造姓石井。

样说了，不觉得她可怜吗？"

庄造总是这样回答："那个女人说的话可别当真。"

那个女人擅长讨价还价，没有底线，所以对她说的话不可轻信；而且她性格刚强好胜，不肯认输，什么对已经分手的男人还恋恋不舍，什么觉得莉莉可爱，这些花言巧语本身就令人怀疑。她怎么会觉得莉莉可爱呢？拿到手以后，她肯定会随心所欲地虐待以泄心头之恨。不然的话，她为什么非要庄造最喜欢的东西不可呢？这只能说她居心不良。——不，岂止这种孩子气的复仇心理，也许还深藏着更大的图谋。脑子简单的庄造看不透对方的用意，只是感觉有些害怕，一味反感。其实，那个女人当初已经提出许多不合理的条件了，因为这件事是自己理亏，只是希望她尽快离开，所以基本上都满足了她的要求。现在居然提出要莉莉，这就让庄造无法接受。所以，不管塚本怎么固执相求，庄造总是编造理由婉言拒绝，而福子自然也一直赞成，甚至态度比庄造还明确。

"你把话说清楚！究竟怎么回事？我不明白。"

庄造说罢，把酒壶拿到自己身边，自斟自酌，接着忽然啪地拍一下大腿，眼睛朝四处瞄，半是自言自语般说道："没有蚊香了吗？"

天色已经昏暗，成群的蚊子从板墙脚嗡嗡嗡地飞到檐廊上，莉莉好像吃得太饱了，蹲在餐桌底下，当听到两个主人就自己的事情争执的时候，便悄悄走进院子里，从板墙下面钻出去，消失得无影无踪，似乎客气地回避有关自己的话题。不过，它每次吃饱以后，都会一溜烟儿跑出去。

福子没有回答，默默地走进厨房，找出盘式蚊香，点上后放在餐桌下面，说道："那么些竹筴鱼，都喂猫了吧？你自己也就吃两三条吧？"她的声音比较温和。

"这事我可记不得。"

"我可数了。盘子上有十三条鱼，莉莉吃了十条，你自己就吃三条。"

"这有什么不好吗？"

"有什么不好？难道你不明白吗？你好好想想吧。我并不是因为猫而吃醋。我本来不喜欢吃这种二杯醋泡小竹筴鱼，可是你说喜欢，让我给你做。你嘴上说喜欢，可给你做出来，全喂了猫，自己就吃一丁点……"

原来这是福子不高兴的原因。

阪神电车沿线的西宫、芦屋、鱼崎、住吉一带，当地渔民几乎每天都来叫卖他们从近海捕捞的竹筴鱼、沙丁鱼，大声吆喝着"新鲜竹筴鱼喽""新鲜沙丁鱼喽"，都是刚刚捕捞上来的，价格一般是一碗十到十五钱，这足够一家三四口人的副食。看来东西很好卖，一天有好几个来叫卖。不过，竹筴鱼和沙丁鱼在夏天长不大，也就一寸左右，入秋以后迅速生长。竹筴鱼、沙丁鱼的小鱼拿来盐烤、油炸都不合适，只能素烤后浇上酱油醋，再撒上姜末，这样连骨头都可以吃。

可是福子不喜欢二杯醋，一直反对这种吃法。她喜欢热乎乎带有油性的食物，吃这种干巴巴冷冰冰的东西，实在令她难受。当她把自己的饮食嗜好告诉丈夫时，庄造说你想吃什么自己做就是了，我喜欢吃小竹笺鱼，我自己来做。于是，每当叫卖的小贩经过的时候，他都把鱼贩子叫进厨房购买。

福子和庄造是表兄妹关系，她嫁给庄造出于某种原因，不过对婆婆可以不必那么小心翼翼。过门后的第二天，庄造就我行我素，买了竹笺鱼。不管怎么说，总不能看着丈夫亲自下厨吧，于是还得由自己烹调，也勉勉强强地跟着吃。

而且最近连着五六天，天天如此，福子两三天前突然觉得，庄造居然不顾妻子的不满，硬要把这种二杯醋泡竹笺鱼搬上饭桌，说是自己吃，其实都给莉莉吃。再仔细一想，竹笺鱼个头小，骨头软，不需要去骨头剔鱼肉，价格便宜，量又大，做成凉菜，最合适每晚给猫咪吃。就是说，与其说是庄造喜欢，不如说是猫咪喜欢。在这个家里，丈夫完全不顾妻子的好恶，绝对以猫咪为中心决定晚餐的菜肴；而妻子本意是为了伺候丈夫而一味忍耐，没想到其实是伺候猫咪，给猫做饭。

"不是这么回事，其实真的是我想吃竹笺鱼，才让你做，没想到莉莉这家伙嘴这么馋，所以我也就不知不觉地一条接一条喂它吃。”

"根本不是这么回事，你一开始就是打算给莉莉吃，自己本来也不喜欢竹笑鱼，但骗我说你爱吃。你把猫咪看得比我还重。"

"哎呀，你怎么能这样说呢……"

庄造虽然依然装腔作势地顶嘴，但已经完全败下阵来。

"那好，这么说，我比猫重要？"

"那是肯定的啊！你怎么净说傻话，真是的！"

"嘴说不算，要拿出证据来。不然的话，像你这样的人不可信。"

"从明天开始我就不买竹笑鱼了，这总可以了吧？"

"与其这样，还不如干脆把猫送人。猫不在了，不是最好吗？"

庄造心想这应该不是她的真心话，可是也不能掉以轻心，万一她意气用事，犟脾气一上来，那事情就不好办了。于是他只好双膝闭拢，恭恭敬敬地端坐着，两手放在膝盖上，躬身弯腰，一副可怜兮兮的样子用哀求的声调说道："你不是不知道，猫到那个地方就会受到虐待。你就不要说这些狠心的话了，好吧？我求求你了，快别这么说了……"

"你瞧，还是猫重要吧？既然你不愿意把莉莉送给她，那我走好了。"

"你瞎说什么啊？！"

"我不愿意别人把我和畜生一样看待。"

福子没想到对这件事过于认真，顿时泪水涌了上来，自己都觉得意外，连忙背过身去。

福子接到品子冒用雪子的名义来信的那天早上，第一个感觉就是这个女人通过这样的恶作剧挑拨离间自己和丈夫的关系，真是个令人讨厌的女人，我才不会上你的当呢。这个女人居心不良，她以为这么一通话，会让福子对莉莉的存在感觉不舒服，说不定真的会送给她。要是这样的话，你瞧瞧自己，以前曾嘲笑品子的自己不也吃猫的醋了吗？自己不也一样不被丈夫看重吗？品子就会拍手称快，大肆嘲笑自己。即使这封信达不到这个目的，至少也会引发他们的家庭风波，那也很有意思。这一定是品子的如意算盘。要挫败她的图谋，最好的方法莫过于让她知道：我们夫妻俩越过越亲密和谐，根本不把这封信放在眼里；我们一起疼爱猫咪，谁也不会把莉莉送人。

但是，这封信来得真不是时候，因为两三天前福子就为竹筴鱼喂猫这件事心有不满，正打算好好说庄造一通。其实福子并没有庄造想象中那样喜欢猫，只是为了迎合庄造，故意让品子难堪，出于双方的需要才开始喜欢上猫的。自己也以为喜欢，别人也这么认为。

这是她进这个家门之前，暗中和婆婆阿玲串通一气，专门为了赶走品子商量的计谋。因此，过门以后，她一直疼爱莉莉，尽可能表现出喜欢猫的样子，但后来逐渐觉得这只畜生的存在令人憎恨。据说这只猫具有西洋血统，以前有客人来家里玩的时候，把它抱在膝盖上，抚摩的手感非常柔软。无论是毛色还是长相，在这一带还真是绝无仅有的漂亮母猫。那时候福子还真的喜欢它，觉得品子讨厌这只猫是一种变态的表现，还是因为丈夫不喜欢她，才导致她对猫都怀有偏见，未免嘲笑品子。现在自己成了庄造的继室，知道丈夫疼爱自己，不像品子那样受到冷落。可是时间一长，她奇怪地发现自己没有资格嘲笑品子。

因为庄造对猫的喜爱非同寻常，已经超出一般的"喜欢"的界限。喜欢猫当然无可非议，但就当着妻子的面，嘴里叼着一条鱼毫无顾忌地喂到猫的嘴里，还和猫互相扯来扯去。吃晚饭的时候，它总是钻在他们俩之间，说实话，福子心里很不愉快。晚上，婆婆很知趣，先吃完饭早早回到二楼自己的房间，给他们两口子留下私密的时间，可是莉莉这家伙偏偏进来，毫不客气地抢走自己的丈夫。有时候晚上没见着莉莉，心想这可好了，可是一打开矮脚餐桌，把盘子小碟摆到桌子上，只要一听见这声音，它也不知从哪里立即跑回来。偶尔也有不回来的时候，不像话的倒是庄造，"莉莉！莉莉！"地大声叫喊，跑上二楼，转到后门，走到马路上，叫唤不停，直到它回来为止。即便福子说"它很快就会回来的，先喝一杯吧"，拿起酒壶要给他斟酒，他也是心不在焉，坐立不安。这时候，他的脑子里只有莉莉，似乎根本就没有想到身边还有妻子。还有一件不愉快的事，就是睡觉时候钻被窝。庄造养过三只猫，会钻被窝的只有莉莉，可见它多么机灵聪明。果然，你瞧，它把脑袋紧贴着榻榻米，哧溜哧溜钻进被窝里，一般都是在庄造那一边睡觉。天冷的话，就爬到被窝上面，最后使用钻蚊帐一样的本领从枕头旁钻进被窝里。这样一来，我们夫妻间的秘密都被它看得一清二楚。

虽然如此，福子还是没有机会摘下喜欢猫的假面具，露出讨厌猫的真面目。再说了，碍于"不就是一只猫吗"的自负心情，她一直强忍着心头的火气。庄造只是把莉莉当作一件玩具，其实真正疼爱的还是自己，对他来说，自己才是他在这天地间不可替代的人。要是在猫咪这件事上心态扭曲，倒会导致自己贬低自己，所以还是要放宽心胸，没必要憎恨一只无辜的猫咪。这么一想，福子立即能转变心情，尽量适应丈夫的兴趣，保持步调一致。

可是，福子这个人缺少耐性，忍不了多久，又逐渐不愉快起来，而且显现在脸色上，起火点正是这起二杯醋竹笋鱼事件。丈夫为了讨好莉莉，将妻子原本不喜欢的食物摆在餐桌上，而且自己装作喜欢吃的一样，敷衍欺骗妻子！——衡量猫咪和妻子的分量，显然猫咪要比妻子重。她对这样的事实本想视而不见，没想到一下子摆在自己的面前，所谓自负的心态也就荡然无存了。

说实话，品子在这个时候来信，一方面固然对她的醋劲儿起到煽风点火的作用，但同时对她的猛烈爆发也起到最后制止的作用。如果品子什么话都没说，福子对莉莉的存在已经到了无法容忍的地步，她会很快和丈夫摊牌，让他把猫咪送给品子。可是现在品子从中作梗，如果一切都照她的意思办，福子也觉得可恨。就是说，她对丈夫的反感和对品子的反感，到底哪一方更甚，感觉左右为难。

如果把品子来信的事告诉丈夫，和他商量的话，即使事实上打算让丈夫把莉莉送给品子是出于自己本意，也会被误解为受到品子的唆使，这是她不愿意看到的。思来想去，还是瞒着此事为好，至于她更憎恨哪一个呢？品子的做法令人生气，丈夫的行为也无法忍受。尤其丈夫天天就在自己眼前，眼不见心不烦，令人恼火。而且，尤其品子信中的"小心点，弄得不好，甚至您也不如一只猫"这句话让她心头怦然一动。她想难道真的会有这种荒唐的事吗？只要把莉莉从家里赶出去，自己就不会成天提心吊胆了。但如果这样做，又让品子太痛快得意，自己也不甘心。这种情绪一占上风，就觉得猫咪毕竟是小事，可以忍耐，不能上那个女人的当。

在今晚之前，她就一直处在思想斗争的旋涡里，转来转去，懊恼焦躁。她今晚一边数着盘子里的竹筴鱼逐渐减少，一边看着庄造和莉莉嬉戏逗乐，满腔怒火终于再也遏制不住，猛烈爆发出来。不过，她开始还只是气气庄造，似乎并没有真心要赶走莉莉的想法，但主要是由于庄造的态度，两人争论得越发别扭，纠缠不清，使得她无路可退。其实庄造明白福子生气不无道理，老老实实地接受她的愿望，让她顺心，事情也就解决了，不至于闹僵，这才是上策。这样顺着她的意，说不定过后她的心情好起来，也就不再追究了。然而，庄造偏偏喜欢强词夺理，采取回避推诿的态度。

这是庄造的坏毛病，自己不愿意的事情本该明说，但为了尽量不激怒对方，就采取搪塞敷衍的办法，说一些不得要领的话来对付，最后逼到走投无路的时候，又轻易地改变主意。看似就要答应对方要求的样子，但绝不明确表态，给人一种看似懦弱、其实是磨叽又滑头的印象。在其他事情上，福子都可以随心所欲，唯有在莉莉这件事上，他说"不就是一只猫吗"，始终不同意福子的意见。看来他对莉莉的溺爱比自己想象的要深得多，所以福子更不会轻易舍弃。

"老公，有话和你说……"那天晚上，一躺进蚊帐里，福子又开始了，"你把身子转过来啊……"

"啊，我困。让我睡觉吧……"

"不行。刚才的事情不定下来，就不让你睡。"

"干吗非今晚不可？明天再说吧。"

窗户镶着四块玻璃，窗帘拉上，檐廊的灯光模模糊糊地映照进屋子的深处，朦朦胧胧之中，福子看见庄造把被子完全掀开，仰面而卧，说罢，转身背对妻子。

"你把身子转过来！"

"求你了，让我睡吧！昨天晚上，蚊子飞进来，我一夜没睡好。"

"那好，照我说的办。要想早点睡的话，就这么决定了。"

"你也太残忍了。决定什么啊？"

"别给我装傻，想打马虎眼吗？莉莉送人不送人？现在你就明确表态。"

"明天……让我明天考虑一下。"

话刚说完，就听见他发出舒服的鼾声。

"你！……"福子霍地爬起来，面朝庄造坐着，狠狠地拧着他的屁股。

"疼！你干什么？"

"怎么？莉莉挠你，新疤旧痕从来就没有消失过，我抓你一下就疼了？"

"疼！你快放手！"

"这一点儿算什么啊？猫都能挠你全身，我也可以抓你全身！"

"痛痛痛……"

庄造也急忙爬起来，一边叫喊一边开始自卫，但为了不惊动楼上的老人，他不敢大声叫唤。这次福子不是拧，而是抓挠，面部、肩膀、胸口、手臂、腿部，不管哪里，到处抓挠。庄造惊慌地左躲右闪，每次都发出砰砰的声响，震动整个房间。

"怎么样？"

"饶了我吧！饶了我吧……"

"这下醒了吧？"

"醒了，醒了！啊，疼啊，火辣辣的……"

"那好，现在就回答，打算怎么办？"

"啊，痛啊……"

庄造还是不明确回答，皱脸蹙眉，在身上到处搓揉。

"又不老实，还想蒙混过关，这次给你点儿颜色看看。"

福子用两三只手指使劲夹住他的脸颊，一阵剧痛，庄造几乎要蹦起来，不由得声带哭腔地叫起来："啊啊啊……痛！"

这时，连莉莉都大吃一惊，一溜烟儿逃到蚊帐外面去了。

"我为什么要吃这个苦头？"

"哼，如果你觉得这是为了莉莉，那是你自找的。"

"你还在说这种蠢话？"

"你不明确表态，我还要说。——那你说，我走还是把莉莉送人，你选哪一个？"

"谁说要你走的？"

"那就是莉莉送人喽？"

"干吗非要二者选一呢……"

"不行。就要你决定其中一个。"说罢，福子抓住他的前襟开始摇晃，"快说！到底选择哪一个？回答！快说！"

"你怎么这么粗鲁……"

"今晚不管我干什么，你都得忍受。快说！快说！"

"好了，真拿你没办法。好吧，把莉莉送人吧。"

"真的吗？"

"真的。"庄造闭上眼睛，一副无可奈何绝望的表情，"不过，能不能等一个星期？我这么说，你可能又会发火。虽说是一个动物，但毕竟在这个家里住了十年，不能一说送出去，今天就让它出门。至少让它待一个星期，给它吃点儿它喜欢的东西，尽量照顾好它，这样不会留下遗憾。你说呢？怎么样？这期间你心情转好也可以疼疼它。猫很恋人的，感情可深了。"

庄造说的好像是真心话，并不是在讨价还价，只是倾诉自己真实的情感，福子觉得不便拒绝。

"那好吧，就一个星期。"

"好的。"

"把手伸出来。"

"干吗啊？"

就在这个间隙里，福子一下子和他手指拉钩约定。

"妈妈……"

两三天后的傍晚，趁福子出门去公共澡堂洗澡的时候，看店的庄造一边喊着里屋的母亲一边走进去，见母亲正在吃自己的小盘小碟的晚饭，便略显难为情地弯腰说道："妈，有件事想拜托您……"

每天早晨，都要给母亲单独做砂锅饭，像粥一样绵软，放凉以后盛在碗里，上面放一些盐渍海带。母亲弓起后背，圆圆的，整个人像罩在餐具上一样。

"是这么回事，福子突然说不喜欢莉莉，想把它送给品子……"

"前几天你们大吵一通了吧？"

"您也知道了？"

"三更半夜发出那么大的声音，把我吓一跳，还以为闹地震呢。就是为这件事吧？"

"是的。您瞧瞧……"庄造伸出两条胳膊，挽起袖子，"这儿、那儿，到处都是红红的抓痕，还有瘀青。这脸上，抓痕还没退呢。"

"怎么会弄成这个样子？"

"吃醋呗。——愚蠢，说我溺爱猫，就吃猫的醋。没见过这种人，就跟疯子一样。"

"品子不也是这样抱怨的吗？像你这样溺爱猫，搁谁谁都会吃醋的。"

"哦……"

庄造从小就对母亲撒娇，到了这个岁数还依然如此，他像一个淘气的孩子鼓起鼻翼，不满地说道："只要一说到福子，您总是站在她那一边。"

"可是你啊，猫也好，人也好，都是外面的可爱。刚过门的媳妇，你不为她着想，人家不高兴也是理所当然的。"

"这就不对了。我什么时候都为她着想，我最看重的就是她啊。"

"要真是这样的话，就算她有一点儿不讲理的地方，你也应该听着啊。这件事她也告诉我了。"

"哦，什么时候？"

"昨天……她说对莉莉实在忍无可忍了，已经和你约定，五六天后送给品子。真是这样的吗？"

"嗯，话是这么说了。能不能想个办法，不要实行这个约定。我今天来求妈妈，就是想请您和她说说。"

"她说要是不按约定的办，那她就走人。"

"不过是吓唬人吧？"

"也有可能。不过，既然话说到这个程度，听她的又会怎么样？不然的话，她还会闹，说你违约……"

庄造一脸酸楚，噘着嘴，低着脑袋，本来打算让母亲劝说福子，结果大失所望。

"照那个姑娘的性格，说不定真做得出来，一走了之。那也没关系，可是风言风语就来了：那户人家，不爱媳妇只爱猫，自家姑娘绝不嫁。这样一来，我比你更没有面子啊。"

"这么说来，您也认为要把莉莉赶出去吗？"

"事到如今，现在先顺着她的心意，暂时把莉莉送给品子。以后看情况，等她心情转好的时候，再要回来。"

既然送给别人，对方不可能归还，也没有要求对方归还的道理。庄造明知这一点儿，却还是恳求母亲，母亲显然也只是说一些宽慰的话，像哄小孩一样，最后的结果总是让儿子按照她的意图去执行。

这个季节，年轻人已经开始穿薄毛衣了，但是她只在夹和服外套一件短袖便服，脚穿针织布袜，看似一个个子瘦小、活力衰退的老太婆，其实脑子依然敏捷机灵，说话做事周密细致，毫无疏漏。左邻右舍都说"老太太比儿子能干"。有人说赶走品子这桩事是她在背后操纵，其实庄造对品子还有感情。各种议论都有，总之人们多数怨恨这个老太太，一般都是同情品子。不过她的说法是：即便婆婆再怎么不喜欢儿媳妇，只要儿子喜欢，也不至于赶出家门，所以归根结底还是庄造不喜欢。她说的也不是没有道理，可是，如果不借助母亲和福子父亲的力量，就凭庄造一个人也没有胆量把品子撵出去，这也是不争的事实。

怎么说呢，母亲和品子从一开始就性格不合。品子争强好胜，曾细致周到地服侍过婆婆，小心翼翼地不留下任何失误，但是这种小心精明的作风触怒了婆婆，说是我家的儿媳说不出哪儿不好，但就是缺少体贴温暖的关怀，缺少发自内心的对老年人体恤的温情关爱。总之，婆媳二人都很能干，这是导致双方不和的原因。在后来一年半的日子里，表面上相安无事，但后来母亲阿玲说是不喜欢儿媳，就经常跑到她哥哥也就是庄造的舅舅中岛在今津的家里居住，有时候两三天都不回来。由于在外面居住的时间太长，品子去看她，她对品子说，你回去叫庄造来接我。庄造一去，舅舅，还有福子都极力挽留他住下来，到晚上也不让他回去。庄造这时已经隐约感觉到这里面一定有什么计谋。后来，福子经常邀请庄造一起去甲子园看棒球比赛，去海水浴场游泳，去阪神公园游玩，不论哪里，庄造都稀里糊涂地跟着去，玩得舒舒服服，久而久之，两人的关系变得微妙起来。

庄造的舅舅是制作贩卖糕点的商家，不仅在今津有一家小工厂，而且在国道沿线还有五六间出租房，生活相当优裕，唯一的烦恼就是福子的婚姻比较棘手。可能由于福子的母亲早逝的缘故吧，福子没人管教，女子中学二年级时，不知道是被开除还是自己辍学，此后不好好待在家里，四处游逛。还有两次离家出走，被神户的报纸刊登出来。本想给她解决婚姻大事，却无人敢要，她本人当然不愿意嫁给贫困的家庭。因此，父亲心里着急，打算尽快了却她的婚事，而阿玲看中的正是这一点儿。福子就像她的亲生闺女一样，了解她的秉性脾气，有缺点并不可怕，品行不好是个问题，不过她也到了懂事的年龄，明白事理，有了丈夫不至于还有外遇吧，何况对她来说这不是什么大事，关键在于国道沿线的两间出租房做陪嫁，每个月就能得到六十三日元的房租。阿玲算了一笔账，福子的父亲两年前就把这两间出租房改到了福子的名下，价值一千五百一十二日元，把这份嫁妆带过来，再加上每个月六十三日元的房租，如果存入银行，十年之后就是一笔相当可观的财产。这才是阿玲关注的重点。

按说她已是晚年，余日无多，用不着这么见钱眼开，贪得无厌，只是无奈儿子不争气，没出息，担心他以后日子怎么过，于是想出这一招，这样自己也能死而瞑目了。芦屋①的旧国道，自从新建的阪急新国道开通以后，生意一年不如一年，在这个地方开杂货店糊口度日并不理想，但如果换个地方，就必须把这个店卖掉。可卖掉以后在哪里重新开始什么样的生意，这些都没有把握。

庄造这个人在这些事情上天生地漫不经心，生活困顿，他觉得无所谓，对生意经一窍不通。十三四岁的时候，曾经一边上夜校一边在西宫的银行打杂，也在青木的高尔夫练习场当过

①芦屋市，位于日本兵库县东南部的城市，位处西宫市与神户市之间。

球童，后来还做过见习厨师，但哪一个行业都待不长，工作怠惰懒散。不久，父亲去世，他就成了杂货店的老板。其实，店里的买卖都是母亲在操持，可一个大男人总该有正儿八经的工作吧，于是他想在国道边上开一家咖啡店，希望舅舅出资，可除了提出这么个主意之外，平时依然如故，照样逗猫，打台球，玩盆景，去廉价的咖啡馆和女招待打情骂俏，什么工作都不干。

四年前，他二十六岁的时候，经榻榻米店的塚本做媒，娶了在山芦屋①一户公馆里当女用人的品子。自那以后，店里的买卖每况愈下，每个月的资金周转都捉襟见肘。因为从父辈开始就住在芦屋，还有一些长年的老顾客，暂时还能勉强支撑下去，可是每坪②十五钱的地租这两年一直滞纳，已经欠款一百二三十日元了，然而根本没有能力还款。

品子看出来根本指望不上庄造，便接一些裁缝活儿补贴家用，甚至把自己辛辛苦苦积攒起来的工钱花在商店积压的货品上，结果很快就减少了滞销货。就是这样的好媳妇，居然还把她赶出家门，也太无情无义了，所以人们自然都同情品子。

但在阿玲看来，有舍才有得，最好的借口就是刁难她没有生孩子。连福子的父亲也说，这样的话，我女儿的终身大事就得以解决，我也可以帮助外甥一家，对双方都有好处，他的想

①芦屋川上游西侧区域的名称，是高级住宅区。
②坪，日本面积单位，1坪约为3.3平方米。

法对阿玲的情绪起到火上浇油的作用。

因此，福子和庄造的结合完全是福子父亲与阿玲撮合而成的。不过，即使没有他们的说合，庄造也属于容易让人喜欢的类型。虽然不是什么美男子，但总带有一些孩子气，也许由于性格温和的缘故吧。在高尔夫球场当球童的时候，那些绅士、夫人都很喜欢他，逢年过节收到的礼物比别人都要多；在咖啡馆等处都格外受人青睐，所以学会了花很少的钱可以玩很长时间的诀窍，也因此养成了游手好闲的坏习惯。

不管怎么说，阿玲使用各种手段才把福子迎进门来，她带来丰厚的嫁妆，为了拴住这个轻佻的儿媳妇的心，母子俩就要尽量讨其欢心，所以什么猫咪，本来就不是问题。

其实，阿玲内心也不喜欢猫。莉莉是庄造在神户的西餐厅上班时带回来的，自从它进门以后，整个家被弄得脏污凌乱。庄造说这只猫绝对不会随地大小便，自己会到粪纸上拉撒。这一点儿倒是令人佩服，它在户外玩耍，还特地跑回家里的粪纸上拉撒。这样一来，粪纸臭气熏天，家中到处都是臭味，而且猫屁股上沾着沙子走来跑去，弄得榻榻米上尽是沙子。下雨天，恶臭闷在屋子里，更是难闻，直蹿鼻子。它在外面的泥泞地上玩耍，回到屋里，到处都是斑斑点点的爪印。庄造说这猫罕见地聪明，无论是大门、隔扇、障子、拉门，都跟人一样，可以打开。然而可悲的是，这畜生只会开门不会关门。天冷的时候，凡是它打开的门户，都必须一一关好。这且不说，纸拉门上尽是破洞，隔扇、板窗上都是它的爪痕。更令人伤脑筋的是，无论生的还是煮烤的熟的食物，如果放在外面，稍不留神就被它吃掉，即使在备餐的那一小会儿工夫，也要把食物放在橱柜、蝇罩里。还有，更可恶的是，这猫的屁股倒是收拾得挺干净，可嘴巴总是脏兮兮的，经常呕吐。其原因主要是庄造热衷于逗它玩，喂它鱼吃，结果吃得太多。晚饭过后，把矮脚餐桌搬走，总是一地猫毛，还有很多吃剩的鱼头、鱼尾等。

品子嫁过来之前，收拾厨房、打扫卫生等一切都是阿玲的工作，为了莉莉也是吃尽了苦头，之所以能够忍耐至今，是因为发生过这样一件事。五六年前，经过再三再四的说服，庄造终于勉强同意把莉莉送给尼崎的一家菜店，大概一个多月后，它突然不声不响地回到芦屋的家里。如果是狗的话，没什么奇怪，但猫也这样恋主，走五六里路回到老地方来，这实在令人感动。从此以后，不仅庄造格外疼爱莉莉，就连阿玲也觉得它可怜，或许觉得它有点可怕吧，后来就不再说猫的坏话了。品子进门以后，出于和福子同样的理由，即为了虐待儿媳，莉莉的存在反而给她提供了某种方便，所以时常也很温柔地对莉莉说一两句话，连庄造都觉得母亲突然站在福子这一边，甚感意外。

"不过，这只猫啊，送给别人，又会自己跑回来。以前就从尼崎跑回来过。"

"是啊，不过这次送的人，猫也认识，以后会怎么样，现在也不好说。如果再跑回来，那就留着呗。总之，先送出去看看……"

"啊，怎么办？真愁死人了。"

庄造接连唉声叹气，还想再继续恳求母亲。这时外面传来脚步声，福子洗完澡回来了。

"塚本君，听明白了吧？这个，一定要轻拿轻放，不能使劲摇晃。猫也会晕车的。"

"你都已经说好几遍了，我知道了。"

"还有这个……"庄造把一个报纸包裹的扁平的小包递给他，"就要和莉莉分别了，本想在它出门前给它吃一点儿好东西，可又担心乘车前吃东西，它在车上会很难受。这是鸡肉，莉莉最喜欢吃的。我亲自去买来，用水煮过了，到了那边，告诉她马上给它吃。"

"好的。我会好好带去的，你放心吧……那没事了吧？"

"嗯，再等等。"

庄造掀开篮子的盖，又一次把莉莉紧紧抱在怀里，嘴里叫着"莉莉"，脸颊贴在一起。

"你到那边去以后，一定要听话。那个人不会像以前那样欺负你了，她会疼爱你的，一点儿都不要害怕。知道了吧？"

莉莉本来就不喜欢被人抱在怀里，又被抱得紧紧的，觉得难受，四只爪子吧嗒吧嗒乱动挣扎。放回到篮子里以后，在篮子边上碰撞了两三次。当它知道爬不出去时，一下子安静下来，令人觉得可怜。

庄造本来打算送莉莉到国道的公交站，但福子下了死规定：从今天起，一段时间内，除了洗澡之外，其他时间不许出门一步。塚本提着篮子离开以后，庄造就像泄了气的皮球一样无精打采地坐在店里。福子之所以禁止庄造外出，主要是担心他挂念莉莉，可能会不由自主地到品子家附近去。其实庄造本人也有这样的担心。然而，这一对大大咧咧的夫妻，直到把猫咪送到那边以后，才开始意识到品子的真实意图。

难道品子是把莉莉作为诱饵想把自己引诱过去吗？如果自己在她家附近转悠，品子就会找机会抓住自己，试图破镜重圆吗？——当庄造发现品子的真实用心时，越发憎恶她的阴险恶毒，同时更觉得充当工具的莉莉越发可怜可悲。唯一的希望，就是莉莉是不是也会像上一次从尼崎跑回来那样，从阪急的六甲那边的品子家跑回来呢？其实，塚本因为水灾发生以后工作很忙，本来说夜晚来家里取猫，可是庄造坚持要他早上来，也是考虑到白天猫能记道，以后容易跑回来。他想起来，上一次莉莉从尼崎跑回来也是早晨。记得是入秋将半的时候，一天，拂晓时分，庄造还在睡觉，被熟悉的"喵喵"声惊醒。当时庄造还没结婚，睡在二楼，母亲睡在楼下。天刚蒙蒙亮，挡雨窗板还没有打开，可是庄造在朦朦胧胧中听见猫咪的叫声就在近旁，感觉是莉莉的声音。莉莉一个月前就送到尼崎去了，不可能是它的叫声，可是越听越觉得就是它。只听见猫踩着天棚洋铁皮屋顶的脚步声，走到窗户外面。不管怎么说，先看看怎么回事，庄造连忙爬起来，打开挡雨窗板，在屋顶上转来转去的原来正是自己家的莉莉，虽然消瘦了许多。

庄造几乎不相信自己的眼睛，叫了声"莉莉"。

那猫也"喵"了一声回答，睁着大眼睛，喜悦的神色，抬头看着庄造。它走到庄造站立的飘窗底下，庄造伸手想把它抱上来，它却闪身逃到三四尺远的地方，但又没有跑远。庄造叫"莉莉"，它也回应"喵"，一边叫着，一边靠拢过来。可是当庄造把它抓到手里时，它又刺溜一下逃脱掉。

庄造尤其喜欢猫的这种特性。莉莉特地跑回来，这是非常眷恋主人的表现；可是回到这熟悉的家里，见到久违的主人，当主人要抱它时，它又跑掉。这是它故意做出对主人宠爱的娇态，同时似乎也是小别重逢而羞涩难为情。莉莉就这样"喵喵"地回答主人的叫唤，在屋顶上转来转去。庄造一开始就发现它消瘦了，再仔细一看，不仅毛色比一个月以前干涩，失去光泽，而且脖子、尾巴四周都是泥巴，身上到处都沾满了芒草穗。听说领走莉莉的那家菜店的主人也喜欢猫，它应该不会受到虐待，这显然是它从尼崎跑回来一路上艰辛劳苦的证明。在这个时候回到此处，它肯定昨晚一直在奔走，很可能走了整整一个晚上。大概它好几天前就从菜店里跑出来的，那算起来就奔跑了好几个晚上，也不知迷了多少次路，才好不容易回到家里。从它身上沾着的芒草穗来看，它并不是沿着商店住户的街道直线回来的。而且，猫怕冷，它要经受早晚寒风的多大折磨啊！何况现在正是阵雨多发的季节，一会儿被雨水淋湿身子，钻进草丛里；一会儿被狗追赶着，躲藏在田野里，一路上没吃没喝，饥寒交迫，受尽苦头。想到这里，庄造恨不得立即把它抱在怀里，抚摩它、安慰它，几次伸手出去，后来莉莉才逐渐羞涩地把身子靠上前来，任凭主人爱抚。

后来经过打听才知道，猫是在一星期之前就从尼崎的菜店主人家里跑出来。庄造至今都忘不了那天早晨莉莉的叫声和模样。另外，还有不少有关这只猫的趣事，它在不同的场合，表现出什么样的表情，发出什么样的叫声，都给庄造留下深刻的记忆。例如，庄造想起把它从神户带回芦屋那天的情景，那时他在神港轩做工，做完最后一天，把猫带回家来。当时他才二十岁，离他父亲去世恰好七七四十九天。之前他曾养过一只花猫，后来这猫死了，又养了一只名叫小黑的黑乎乎的公猫，养在餐馆的厨房里。到餐馆送货的肉店老板说有一只欧洲血统的可爱的小猫，才出生三个月，于是把这只母猫要过来，这就是莉莉。他辞掉餐馆工作的时候，小黑就留在厨房里，但舍不得这只小猫，让人把它和行李一起放在从一家商店借来的小板车的角落里，就这样送到芦屋的家里。

听肉店老板说，英国人把这种毛色的猫称为"玳瑁猫"，全身茶色，其中遍布鲜明的黑色斑点，毛色鲜艳亮丽，果然与玳瑁的背甲很相似。庄造还从来没有养过毛色这么漂亮又这么可爱的猫。总体上说，欧洲猫肩膀的线条不像日本猫那样竖起来，像欣赏一位肩膀顺溜的美女一样，给人清爽俊秀的感觉。从脸形来看，日本猫一般是长脸，有的眼睛下面会凹下去，有的颊骨凸起；而莉莉的脸形短而紧凑，状似倒立的文蛤，轮廓鲜明，一双漂亮优美的金色大眼睛，还有神经质般翕动的鼻子。但是，真正吸引庄造的不仅仅只是毛色、脸形、体型，如果光论外形的话，庄造也知道还有更漂亮的波斯猫、暹罗猫，主要还是它的性格脾气尤其可爱。

刚带到芦屋来的时候，还是一只小猫崽，可以放在手心上，可是那活泼、淘气、撒娇的神态动作就像一个七八岁的小姑娘——小学一二年级的调皮的女孩子。它比现在更加轻灵，吃饭的时候，把食物挑在它的头顶上，它蹦起来直有三四尺高，如果它坐着，会马上跳跃起来，所以庄造经常在吃饭时候，必须站起来。庄造从那时起就开始训练它的本领，用筷子夹着食物，挑在它的头顶，三尺、四尺、五尺，它够得着以后逐渐增高，最后跳到膝盖上，从胸部迅速爬上肩膀，像耗子爬房梁一样，沿着手臂直达筷子尖。有时候跳到店里的窗帘上，滴溜溜爬到天花板上，从这一头走到那一头，再抓着窗帘溜下来——这些动作就像水车一样循环重复。而且，它的表情从小就很鲜活多彩，眼睛、嘴巴、鼻子的动作，包括呼吸等都表现出它心情的变化，和人没有任何不同。尤其是那一双大眼珠，晶莹澄澈，秋水灵动，无论是撒娇的时候，还是调皮的时候，抑或想吃东西的时候，任何时候都不失其惹人怜爱之处。最令人忍俊不禁的是它生气的时候，虽然身子小巧，还是有模有样地弓背竖毛，直挺挺地翘起尾巴，四条腿使劲踩着地面，瞪着眼睛，就像小孩模仿大人的样子，谁见了都会心地笑起来。

庄造忘不了莉莉第一次分娩时候那种倾诉和温柔的眼神。那是把它带回芦屋大约半年以后的事情。一天早晨，它觉得要临产，不停地叫唤着，并紧紧跟在庄造身后。于是，庄造在原先装汽水的纸箱里铺上旧坐垫，然后放在壁柜里头，把它抱进去。它在纸箱里待了一小会儿，自己打开壁柜拉门出来，又继续叫唤追着庄造。那声音，庄造以前从未听过，虽然也是喵喵的声音，但包含着以前所没有的异样的声调。好像在说："啊，怎么办啊？怎么突然觉得自己的身体不自在啊，预感到要发生不可思议的事情。我从来没有过这样的感觉。哎哟，这是怎么回事啊？会不会发生不好的事情啊？"

在庄造听来，它似乎在这样诉说，但是他心中坦然，"没什么可担心的，你马上就要当妈妈了……"，亲切地抚摸它的脑袋。

莉莉把前脚搭在庄造的膝盖上，依偎在他身上的样子，喵喵地叫着，眼珠圆睁，似乎在努力理解主人说的话。

接着，庄造又把它抱进壁柜，放在纸箱里，叮咛道："好了，你就安静地待在这里吧，不要再跑出来。好吗？听明白了吗？"然后关上拉门，正要离开，莉莉又悲切地喵起来，似乎在说"你别走，就待在我身边吧"。

庄造终于被这声音留住了脚步，把拉门拉开一条缝看了看里面。壁柜里堆满了行李、包袱等，纸箱放在最里面的角落，莉莉从箱子里探出脑袋，看着庄造喵喵地叫着。庄造心想，这猫咪虽然是动物，但是它的眼神充满情爱。太不可思议了，在昏暗的壁橱里，它的眼睛晶莹闪亮，那已经不是小猫崽的眼睛。就在这个瞬间，他看到一双含带着难以言喻的妩媚、色情、哀愁又成熟的母性的眼睛。他没有见过女人的分娩。如果这是一个年轻漂亮的女人，一定也是这样，也是幽怨而苦闷的眼神，它一定在呼唤丈夫。他几次关上拉门要离开，又几次不忍心，回头继续探看莉莉，而莉莉每次都探出脑袋看着他，就像小孩子急切地想看见亲人的眼光。

这是十年前的事，而且品子嫁过来已经四年，就是说，在此之前的六年里，庄造在芦屋家的二楼，除了母亲之外，他就是与猫为伴过日子。不了解猫的性情的人，总是说猫不像狗那样有情有义、高冷、利己主义等。听到这些话，庄造总是想，没有像他这样与猫共同生活经历的人，怎么可能知道猫的可爱之处？为什么这么说呢？因为猫具有几分羞涩的性情，有第三者在场的话，它不仅不会对主人撒娇，而且还会做出冷漠疏远的行为。母亲在一旁的时候，庄造怎么叫它，它都充耳不闻，一溜烟跑得远远的。然而它和庄造单独相处的时候，你不用叫它，它会主动跳上主人的膝盖，讨好主人。它经常把额头贴在庄造的脸上，整个脑袋一点儿一点儿地拱上来，而且那粗糙的舌尖在庄造的脸颊、下巴、鼻头、嘴边到处乱舔。晚上必定睡在庄造身边，早上在庄造的整个脸上舔个遍，把他叫醒。天冷的日子，它从被头沿着枕头钻进被窝里，一会儿爬进怀里，一会儿钻在胯间，一会儿转到后背，直到寻找到一个睡得舒服的位置。如果觉得不合适，又会马上改换睡觉的姿势。最后，它似乎发现头枕庄造的手臂，脸贴庄造的胸部，相对而睡，是最舒服的姿势。如果庄造的身子稍微一动，它觉得躺得不得劲儿，又开始动来动去，寻找新的位置。因此，只要它一上床，庄造就伸出一只胳膊给它当枕头，尽量不动身子，规规矩矩地睡觉。而且，庄造用另一只手抚摩猫最喜欢让人摸的脖子，它马上发出呼噜呼噜的声音，又是咬又是抓他的手指，流下唾液，这是猫咪兴奋的表现。

有一次，庄造在被窝里放屁，正在被尾睡觉的莉莉吓一大跳，大概以为被窝里藏着什么会发出怪叫声的怪物，瞪着莫名其妙的眼睛，急急忙忙在被窝里到处搜寻。还有一次，它不想让庄造抱，却被硬抱起来，它便挣脱庄造的手，顺着身子溜下去的时候，正对着庄造的脸放了一个臭屁。那时莉莉刚吃过饭，吃的好东西，肚子饱得很，胀鼓鼓的，被庄造不小心使劲一按，而且很不幸的是恰好它的屁股正对着他的脸，于是从它肠子里出来的热气一道直线喷上去。那股熏人的臭气，即便是多么喜欢猫的人，都会哇地把猫扔到地上。所谓"黄鼠狼放臭屁"，大概不过这样的恶臭吧。而且这种臭味黏糊糊的，一旦沾在鼻子上，擦不掉，洗不掉，打上肥皂使劲搓，至少一整天余味都难散尽。

因为莉莉的事，当庄造和品子吵架的时候，他就说"我和莉莉是互相闻对方臭屁的交情"，以此气她。不过，话说回来，十年间共同生活，即便是一只猫，其缘分也是很深的，可以说比对品子、福子更加亲密。和品子的婚后生活说是四年，其实算起来也就两年半左右，而福子进门才一个月。因此，长年累月朝夕相处的还是莉莉，留下许许多多难忘的亲密相处的记忆。就是说，莉莉已经成为庄造过往人生的一部分。因此，让庄造舍弃莉莉，不是有违常识，不近人情吗？说他玩物丧志，说他痴迷爱猫，都是缺乏常识的、不讲道理的指责。而且，在福子的欺凌和母亲的劝说下，他竟然轻易屈服，把最珍贵的朋友送给别人，他开始痛恨自己的这种懦弱和窝囊。为什么自己就不能像一个男子汉那样堂堂正正地据理力争呢？为什么就不能在妻子、母亲面前坚持己见呢？虽然这样做，结果也许依然还会失败，但连这么点儿反抗精神都没有，对莉莉也太不够义气了。

如果莉莉被送到尼崎后不再回来呢？——当时，他曾同意送人，很干脆，不打算要它了。可就是那天早晨，听见莉莉在屋顶上叫唤，他把它紧紧抱在怀里脸颊相偎的那个瞬间，他就暗中发誓：啊，多么可怜的猫儿啊，多么残忍的主人啊！以后无论如何绝不送人，一辈子就在这个家里过吧。他感觉这也是对莉莉的承诺。然而，这次他又被迫同意把莉莉送人，自己多么无情无义、心狠手辣的感觉再次涌上心头。更令人悲伤的是，这两三年里，随着年龄的增长，莉莉的身体形态、毛色亮度等，都明显地出现衰老的迹象。是啊，当年把莉莉放在板车上带回家的时候，庄造还是一个二十岁的小伙子，如今到明年也要满三十岁了。何况从猫的寿命来说，十年相当于人的五六十岁。想到这些，难怪觉得莉莉这一阵子显得无精打采的样子。可是它小时候沿着窗帘爬上去那走钢丝般轻巧灵活的动作，依然历历在目，如同昨天的事情。再一看现在的莉莉，腰间消瘦，走路的时候脑袋低垂晃动，庄造顿时觉得它给自己演示世间无常的观念，不禁悲从中来。

许许多多的现象都证明莉莉的确相当衰老了，蹦跳的动作越来越笨重就是一个例子。它还是小猫崽的时候，能轻松地跳到差不多庄造身高那样的高度捕捉食物。这并非只限于吃饭的时间，无论什么时候，只要拿东西逗它一下，它就立刻跳起来。可是年老以后，跳的次数越来越少，跳的高度也越来越低。最近，哪怕是它空腹的时候给它食物，它也要先确认是不是自己爱吃的东西，然后再决定是否跳起来，而且食物只能放在它头顶一尺左右的地方，太高了就够不着。如果放得太高，它就不跳，而是沿着庄造的身子爬上去；要是连爬上去的力气都没有，只是无奈地翕动鼻子，抬起头用那独特的哀怜的眼神看着庄造，好像在说："请您可怜可怜我吧。我已经饿得不行了，本想跳起来抓住食物，可是我这么大的岁数，做不到以前那样子了。求您了，不要再折磨我了，快点把食物扔给我吧！"——它似乎非常了解主人的懦弱个性，用眼神表达自己的诉求。可是，品子用同样哀伤悲切的眼神看着庄造时，他却无动于衷，而莉莉的一个眼神，怎么就让他感觉到难以言喻的伤感呢？

小猫崽的时候那种天真纯洁的快活眼神，不知不觉地含带忧郁悲哀的神色，这大概是从它第一次分娩时候开始的吧。它被放在纸箱里，探出头来，无奈地看着主人——那时它的目光就开始出现哀愁的阴影，后来随着逐渐衰老，这种阴影越发浓郁。庄造有时候凝视莉莉的眼睛，心想不过是一只小小的动物，虽说聪明伶俐，但它怎么会表现出如此富有深意的眼神呢？难道它真的会思考伤心的事情吗？以前养过的花猫也好，小黑也好，也许它们都是笨猫，从来没有流露出这样的眼神。当然，并不是说莉莉的性格天生阴暗忧郁。它小时候十分调皮，当了母亲以后，也是打架好手，活泼而粗野。它只是对庄造撒娇或者百无聊赖晒太阳的时候，那眼睛充满深沉的忧郁，带着一种光泽，仿佛含着泪水。也只有在这个时候，才更强烈地感觉到它的妖媚，但随着年龄的增长，它的眼珠逐渐混浊，眼角出现眼屎，看上去感觉有一种明显流露的刺眼的哀伤。当然，也许这本不是它真实的眼神，而是生长过程、环境空气对它产生影响的结果。人也是如此，在经历过艰辛苦难以后，面容和性格也会改变，所以不能说猫不会这样。——这么一想，庄造觉得更对不起莉莉。过去的十年里，虽然自己疼爱它，却只能让它过着寂寞冷清的日子。当时这个家只有庄造母子二人，不像神港轩餐馆那样人多热闹，而且母亲讨厌莉莉，于是庄造和莉莉只好住在二楼，孤单落寞。这样生活了六年以后，品子嫁进家门，可是这个入侵者又把莉莉视为眼中钉，使得它没有安身之地。

比起这些来，庄造觉得最对不起莉莉的，就是没有把它的孩子留在它身边，让它抚养。小猫生出来以后，庄造就到处寻找领养人，分送出去，家里一只也没留。莉莉生育能力很强，别处的猫咪两次分娩期间，它能生三胎。不知道对方是什么样的公猫，生下来的都是"混血儿"，但多少保留着玳瑁猫的特征，所以要的人很多。有时候庄造把小猫崽拿到海边，偷偷扔在芦屋川堤坝的松树下面。当然，这主要是顾忌母亲的唠叨。庄造也曾想过，莉莉早衰，可能是生崽太多的缘故。如果无法阻止它怀孕，那是否可以通过喝奶予以控制呢？

莉莉是每次分娩后都见老。庄造看着它袋鼠般隆起的肚子，以及那伤感的眼神，总是满怀怜悯地说："你这傻猫，一次又一次地大肚子，很快就会变成老太婆的。"

公猫的话，可以阉割，但听说母猫很难做手术，庄造去请教兽医"能不能照 X 光让它绝育"，结果被兽医笑话。

在庄造看来，这都是为莉莉着想，并不是心肠冷酷的行为。但不管怎么说，夺走莉莉的亲生子女，没有孩子在它身边，使得莉莉孤独凄凉、萎靡不振，这是不可否认的事实。

要是细说起来，庄造觉得自己给莉莉带来不少"苦头"。他从莉莉身上得到很多安慰，而自己并没有给莉莉带来快乐，尤其是这一两年，夫妻不和，加上生计困难，家里总是风波不断，莉莉也无辜被卷进去，似乎无立锥之地，狼狈不堪。

母亲去今津的福子家里，要品子回来让庄造过去接她回家，莉莉一下子拽住他的衣襟，用悲切的目光恳求他不要去。当庄造甩掉它出门以后，它依然紧追不舍，跟在后面跑了一两町①路。正因为如此，庄造的心里只惦念着莉莉，而不是品子，想尽快回家。有时候庄造在外面住两三天，也许是心理作用吧，看莉莉的眼神又增添几分浓厚的阴影。

这只猫大概来日无多了。——最近他总有这样的预感，也做过好几次梦，梦见像死了亲兄弟般悲恸哀伤，泪流满面。如果莉莉真的死去，他的悲痛绝不亚于梦境中的感受。想到这些，而现在竟然满不在乎地把莉莉送人，他又一次感到窝囊、无情、懊恼，怨恨自己。仿佛莉莉的那一双眼睛正从某个角落充满幽怨地瞪着他，如今后悔莫及，它已经衰老到这种地步，为什么自己还那么残忍狠毒地一脚踢出去呢？为什么不能让它终老家中呢？

那天傍晚，福子看着庄造从未有过的那般安静地坐在矮脚餐桌边上，无精打采地舔着酒杯的边缘，有点难为情地说道：

"品子为什么想要这只猫，你知道其中的原因吗？"

庄造有点装糊涂："什么原因啊？"

"莉莉放在她那里，她想你一定会去看猫。你说，是这种打算吧？"

"是吗？愚蠢……"

---

①日本长度单位，一町约为一百零九米。

"肯定是。我今天才意识到。我告诉你，你可别上当哦！"

"我知道。谁上她的当啊。"

"你能保证？"

"嗯。"庄造轻蔑地笑了笑，"这种事用不着你叮嘱。"

他又舔着酒杯口。

"今天很忙，我就不进去了，我走了。"塚本把篮子放在玄关前面，说完后就离开了。

品子提着篮子，走上又窄又陡的楼梯，进入二楼居住的那间四叠半的房间，将门口的隔扇、玻璃拉窗统统紧紧关上，然后把篮子摆在房间正中间，掀开盖子。

奇怪得很，莉莉并没有立即从憋屈狭小的篮子里爬出来，而是探出脑袋，用奇怪的眼光环视室内，然后步履缓慢地出来。来到一个陌生环境，和所有的猫一样，莉莉也是翕动鼻子开始到处嗅房间里的味道。

品子叫它两三次"莉莉"，但是它只是朝她冷淡地瞟一眼，没有理睬，首先到门口的隔扇和壁柜下面的横木上嗅气味，然后到窗户边上，将每一块玻璃拉窗都嗅遍，又把针线盒、坐垫、尺子、尚未缝制完工的衣服等仔仔细细嗅了一遍。品子想起刚才塚本交给她的那个报纸包的鸡肉，便放在它经过的地方，但莉莉似乎毫无兴趣，稍微闻一下，看都不看。接着继续在榻榻米上转悠，发出啪嗒啪嗒可怕的声音，又把整个室内搜索一遍，再回到门口的隔扇前面，搭上前脚，想打开。

"莉莉啊，从今天起你就是我的猫咪了，哪儿也别去。"

品子说着，挡住它的去路，它只好又啪嗒啪嗒开始转来转去，这次走到北面的窗旁，跳上放在不甚高的放布头的箱子上，伸直腰板眺望窗外。

昨天是九月的最后一天，已经进入真正的秋季，天高气爽，晨风微寒，屋后空地上高耸的五六棵白杨树叶子在风中颤动，泛着白光，可以望见对面的摩耶山和六甲山的山顶。从房屋密集的芦屋二楼望出去的景色，与这里的景色大异其趣，莉莉现在以什么样的心情眺望外面呢？品子不由得想起自己和这只猫被扔在家里时的情景。庄造和母亲去今津，没有回来，品子一个人大口吃着茶泡饭，莉莉听见声音走过来。啊，对了，忘了给它吃饭，大概肚子饿了，好可怜，于是在剩饭上放一点儿小杂鱼，拿给它吃。莉莉吃惯了好东西，嘴刁，一点儿也没有高兴的样子，勉强吃了几口。这下子把品子惹火了，好不容易产生的怜爱之心顿时烟消云散。晚上铺好丈夫的被窝，等待一个不知道是否回家的男人，心烦意乱，而这时莉莉竟然毫不客气地爬到那被窝上，四仰八叉，舒舒服服，实在可恨。品子在它快睡的时候，把它赶走。于是，莉莉成了她的出气筒，然而现在又在一起生活，这可以说是一种缘分吧。品子从芦屋的家里被赶出来以后，在这座楼房的二楼落脚居住，也曾经从北面的窗户眺望远山，思念丈夫。今天看到莉莉也是如此，品子也隐约理解它的心情，不由得眼角一热。

"莉莉啊，你过来，吃这个吧……"

品子打开壁柜的拉门，把事先准备好的东西取出来。她昨天收到塚本的明信片后，为了款待这位稀客，今天特地早起，从牧场买来牛奶，还准备了莉莉专用的碗盆。——她忽然想起这位稀客需要粪纸，于是昨夜又急急忙忙跑去买了平底砂锅。没有沙子怎么办？又连夜跑到五六町远的一个建筑工地摸黑偷回一些搅拌水泥用的沙子，然后把这些东西统统放进壁柜里。她把牛奶、撒有干鲣鱼刨片的米饭取出来，把牛奶倒在颜料斑驳脱落的缺口的碗里，在屋子中间铺上一张报纸，又打开庄造送来的报纸包裹的水煮鸡肉，都摆在一起，接连呼唤"莉莉啊、莉莉啊"，还叮叮当当地敲着碗盆，但是，莉莉充耳不闻，依然趴在玻璃窗上。

"莉莉啊！"品子着急起来，"你干吗老看着外面啊？肚子不饿吗？"

刚才听塚本说，庄造担心莉莉会晕车，所以从早晨就没有喂它，既然这样，它应该使劲叫唤啊。按说猫咪听见敲打碗盆的声音会飞奔过来，但今天它就是不理睬，仿佛没有空腹的感觉，难道它一心只想着从这里逃出去吗？品子以前听说莉莉从尼崎跑回来这件事，所以她打算这一段时间要密切监视它，但听人说只要能吃能喝能拉，问题应该不大，所以才把它要过来。今天一来就是这个样子，觉得它马上就会逃出去。她虽然知道跟动物交朋友不能性急，但还是想看着它吃东西，于是走到窗边，把它抱到屋子中间，把食物一个个凑近它的鼻孔。莉莉的脚不安分地划动，竖起爪子乱抓，没有办法，只好把它放下来。它又立刻回到窗旁，爬到布头箱子上。

"莉莉啊，你看这边。这是你最喜欢吃的东西，知道这是什么吗？"

品子也固执地追过去，拿着鸡肉和牛奶贴近它的鼻孔，但今天，任何佳肴的气味都勾不起莉莉的食欲。

莉莉和品子也不是完全不认识，好歹四年同住一个屋檐下，同吃一锅饭，有时就她们两个两三天一起看家，今天对自己这个样子，也太没有情义了吧。或许它对我的虐待还记恨在心，要真是这样，一只畜生，那也太狂妄了。品子终于心头冒火，但反过来一想，要是让猫跑了，自己精心策划的计划不但付诸东流，而且芦屋那边还会拍手大笑。事到如今，只能比耐性，等着它妥协吧。按理说，这样把食物和粪纸（平底砂锅）放在它面前，不论脾气多么顽固的猫，饿得不行了就会来吃，大小便也不能憋着吧。品子今天事情多，收下的衣服今晚必须交活儿，可是从早上开始就没有动手。于是，她坐在针线盒旁边，灵巧地缝制男式铭仙①棉袄。干活也就一个小时，又挂念起莉莉，时不时起身去看看，它还是紧贴着墙边蹲在角落里，一动不动。虽然是动物，但是它也明白现在无路可逃，绝望地闭着眼睛。如果是人的话，一定也被重大的悲哀包围着，抛弃一切希望，想死的心都会有。品子有点害怕，想去看看它是否还活着，便轻轻走到它身边把它抱起来，看有没有呼吸，捅捅它的身子。它一点儿也不反抗，反而将身子像鲍鱼一样收紧起来，手指都能感觉出来。啊，这真是一只脾气倔强的猫。照这个样子，它什么时候才能和自己温柔相处呢？不过，也有可能它故意这样，观察自己会不会疏于防范。今天它这副装作彻底死心的样子，但是它连很重的板门都能打开，趁着自己不在家的时候，就会逃之夭夭。想到这些，品子连出去吃饭、上厕所都担心。

中午，妹妹初子在楼梯下喊道："姐姐，吃饭了。"

"好了。"

品子站起来，在房间里转一会儿，最后将三条毛呢腰带接起来，从莉莉的肩膀到腋下捆绑了个十字结，注意不绑太紧，但不能让它挣脱，小心翼翼反复几次捆绑，然后在背上打个结，再拿着腰带，又在房间里转了转，最后绑在天花板垂吊下来的

①铭仙，铭仙绸，平纹粗绸。

电线上，这才放心下楼去。吃饭的时候，心里还是惦念，随便扒拉几口就上来，它还是趴在角落里，身体比刚才缩得更小，身上捆着腰带。品子心想要不干脆不理它，让它独自待着，它该吃的吃，该拉的拉，但结果让品子大失所望。品子不耐烦地"喷"了一声，狠狠地盯着白白放在房间中间的盛有食物的盘子、沙子干干净净的砂锅，坐在针线盒旁边。她忽然想起来，啊，不好，捆绑这么长时间，莉莉太可怜了，又站起来，解开它身上的腰带，顺手又是抚摩，又是抱在怀里，明知道它不会吃，但还是劝它吃，劝它拉。这样子重复好几次，天色逐渐暗淡下来。到傍晚六点左右，初子又在楼下叫喊吃晚饭，品子又拿起腰带，像中午那样把它捆上。这一天，尽忙着莉莉的事，裁缝的活儿基本没有做，已是秋夜深更了。

十一点，品子整理房间，再把莉莉捆起来，两块坐垫重叠一起，让它卧在上面，饭盆和砂锅并排放在它身旁，然后自己铺床，打算熄灯就寝，心想明天早晨之前，它至少能喝掉牛奶或者吃光鸡肉吧。明天醒来，看见空盘子，看见砂锅里的沙子湿了，那该多高兴啊。这么一想，反而睡不着，黑暗中竖起耳朵，想听莉莉睡觉的呼吸，却悄无声息，一点儿细微的声音都没有。因为过于安静，她从枕上抬起头，窗户微亮，而莉莉的那个角落黑乎乎的，什么也看不见。品子把手伸到头上，摸到那根从天花板上垂下来的带子，拉到近前，知道莉莉还在那里，不碍事。但品子还是不放心，开灯一看，莉莉果然还在，像闹别扭一样缩成一团，圆圆的姿态，和白天没什么两样，食物和砂锅原封不动，品子只好失望地熄灯睡觉。品子渐渐开始迷糊，不久睁开眼睛，一看天亮了，再一看砂锅的沙子上落有一大块黑东西，而且牛奶和米饭都吃得精光，这太棒了。——然而，原来是做了一场梦。

与猫交朋友，难道就这么费事吗？莫非是由于莉莉是一只天生性格倔强的猫的缘故吗？如果是天真幼稚的小猫崽，很快就会和人熟悉，成为朋友的；但如果是老猫，和人一样，带到一个生活习惯和周围环境完全陌生的地方，可能心情会受到极大的冲击，甚至还会因此而死去。

品子原本是别有用心，另有图谋，才把自己并不喜欢的猫要过来，不知道和猫打交道这么麻烦，说起来以前她们是冤家对头，现在猫也让自己无法睡个安稳觉，这样的苦痛大概就是因缘的报应吧。品子并没有生气，而且觉得猫很可怜，自己也很可怜。想想看，自己从芦屋被赶出来那一阵子，独自在这楼房的二楼居住，孤单寂寞，精神委顿，满腹心酸，妹妹妹夫不在身边的时候，不也总是每日每夜痛哭流涕吗？自己不也是两三天都无精打采，吃不下东西吗？如此看来，莉莉眷恋芦屋是很正常啊。庄造把莉莉视为掌上明珠，如果连这么点感情都没有的话，那完全是不知感恩。何况它已到老年，从熟悉的家庭被赶出来，来到不喜欢自己的人家里，它心里是多么的无奈哀伤啊。如果真心想和莉莉交朋友，就应该体谅它的心情，给予它更多的安心和信任。当它满怀悲痛的时候，硬要劝它吃东西，谁都会不高兴的。自己还说"不吃就拉吧"，逼着它大小便。这完全是只顾自己的不明事理的轻率行为。然而，这还算是好的，更可怕的是把莉莉捆绑起来。要获得对方的信任，首先自己要信任对方，可是自己的行为让它产生恐惧心理。即便是猫，捆绑起来也不会有食欲，小便也出不来。

第二天，品子不再捆绑莉莉，横下一条心，想跑就跑吧，这也没办法，而且每隔五分钟、十分钟就离开，让它独自留在房间里，它依然固执地蜷缩身子，但看不出伺机逃跑的迹象。也许是一下子放松警惕的结果吧，吃午饭的时候，心想今天不用着急，在楼下待了三十分钟，听见楼上哗啦哗啦的声音，急忙上来一看，只见隔扇已经打开五寸左右。房间里已经不见了莉莉的踪影，大概它从隔扇进入走廊，穿过南边的六叠大的房间，从碰巧打开的窗户跳上房顶了。

"莉莉……"

品子想大声呼唤，但最终没有叫出来。那么辛辛苦苦要来的猫，最后完全是一场空欢喜，她已经没有追寻的气力，仿佛双肩卸下重担，感觉松了一口气。看来自己的确不会养宠物，既然早晚要跑掉，那早跑也许更好一点儿。这样反而心情轻松，今天开始干活，大概能顺利进展，晚上也可以舒舒服服地睡觉。不过，她还是到屋后的空地，一边拨开杂草，一边呼叫"莉莉……"，其实心里明白它这时候不会躲在这里的。

莉莉逃走以后，当天晚上、第二天晚上、第三天晚上，品子岂止睡不好觉，简直是一夜未眠。大概是神经衰弱的原因吧，她才二十六岁，就感觉失眠，这是在公馆里当女用人时留下的失眠的毛病吧。这次搬到这里来，可能因为寝室改变的原因，很长一段时间，晚上的睡眠几乎只有三四个小时，十天前才有所好转，睡得比以前稍微多一些。可是从莉莉过来的那天晚上开始，不知道为什么又睡不好了。工作积压下来，她为了赶工时，结果累得腰酸背疼，有时神经格外兴奋，这几天为了弥补被莉莉耽误的进度，连续工作，可能精神刺激兴奋起来。而且她本来就有寒症，现在才十月初，腿脚就开始冰冷，钻进被窝里，也不容易焐热。丈夫疏远她，开始也是因为这个原因，现在想起来，完全是自己的寒症引起的。庄造睡眠好，躺进被窝不到五分钟就进入梦乡，冰冷的脚一碰到他身上，把他弄醒，就大发脾气，说"你到那边睡去"。由于这事，导致分床而睡。天冷的时候也经常为热水袋的事吵架，因为庄造和她的体质正相反，体热，尤其脚热，冬天睡觉都要把脚指头伸到被子外面，不然睡不着，所以非常讨厌热乎乎的热水袋拿到被窝里，连五分钟都忍受不了。当然这些不是夫妻不和的根本原因，但体质的差异往往作为吵架的借口，于是品子逐渐养成单独睡觉的习惯。

她的右边脖颈到肩膀这一块肌肉变硬，发胀发紧，所以要经常揉一揉，或者改变睡姿，让枕头顶在不同的地方。每年夏秋季节转换之时，右下方的蛀牙就疼得要命，昨晚又开始隐隐作痛。如此说来，听说六甲这个地方一入冬，每年都有寒风从六甲山吹下来，这里的冬天要比芦屋冷得多，这一阵子夜晚就已经相当寒冷，同样都位于阪神之间，感觉好像来到遥远的山间。她像虾一样弯着身子，两条麻木的脚互相搓着。住在芦屋的时候，一到十月底，尽管和丈夫拌嘴，但还是把热水袋放进被窝里。看这样子，今年也许要更早一些准备热水袋……

反正睡不着，索性开灯，躺卧着翻看从妹妹那里借来的《主妇之友》。此时正好是半夜一点，不一会儿听见从远处传来的嚓嚓的声音，越来越近，很快从外面过去。哦，大概是秋季的阵雨吧。紧接着，又传来嚓嚓声，从屋顶上经过的时候，留下啪啦啪啦的声音，悄悄地消失。又过了一会儿，再次传来嚓嚓声。这时，品子不由自主地想到莉莉：它现在在什么地方呢？要是回到芦屋，那还好说；要是迷路的话，会被寒秋夜雨淋湿了吧？

说实话，莉莉跑走这件事，她没有告诉塚本，这几天一直挂念莉莉，也顾不上别的。品子也知道应该早点儿告诉人家，可是又怕被对方奚落："不好意思，其实莉莉早就回去了，您就放心吧。给您添麻烦了，以后您就不必费心了。"要是那样的话，自己会很恼火的，所以一直拖着没有告诉他。但如果莉莉真的跑回芦屋，用不着塚本通知她，庄造那边会主动打招呼的，可是没有任何音信。这么说来，莉莉在外面迷途流浪吗？上一次它从尼崎跑回家，用了一周的时间；这次两边的距离不算太远，而且三天前才过来，不至于迷路吧？只是莉莉已经年老，不像以前那样脑子机灵、动作敏捷，也许需要三四天的时间吧。要是这样的话，大概明后天会平安无事地回到芦屋家里。他们二人该多么高兴啊，又该多么痛快啊，连塚本也一定会凑趣地说："瞧瞧，这个女人，不但丈夫不要她，连猫也不要她。"岂止如此，连楼下的妹妹两口子心里大概也是这样想的吧。世间所有的人都看她的笑话。

秋天的阵雨在屋顶上啪啦啪啦过去以后，玻璃窗上传来嘭的一声，好像什么东西砸在上面。是风吧？啊，真讨厌。可是觉得那声音比风要重，紧接着又是两声，似乎在敲打玻璃，还传来轻微的"喵喵"的叫声。

难道这个时候？怎么会……品子立即兴奋起来，也许是自己的心理作用吧，再侧耳细听，果然是猫叫声，接着又是嘭的一声。

品子慌忙跳起来，拉开窗帘，这回能清晰听见窗外的"喵喵"声，同时一个黑影从眼前迅速掠过。对，就是它。——品子觉得这声音很熟悉。它在这个家里一声也没叫过，但的确是自己在芦屋所熟悉的莉莉的声音。

品子急忙拔下窗栓，上半身探出窗外，借着室内的电灯光，在屋顶上寻找，一时什么也没发现。她想，这是带有栏杆的飘窗，莉莉大概是爬到上面，一边叫一边拍打玻璃吧。那个嘭的声音和刚才那个黑影正是莉莉，但在她从里面打开窗户的时候，它不知逃到何处去了。

"莉莉……"

她还要在意不能吵醒楼下正在睡觉的夫妇，对着黑暗呼唤。濡湿的屋瓦泛着微光，刚才肯定下过一场秋雨，可又令人不相信，因为天空星光闪烁。眼前的摩耶山，那宽阔漆黑的山肩，虽然登山缆车的灯光已经熄灭，但山顶旅馆依然亮着灯。她单膝跪在飘窗上，探头屋顶，又叫唤："莉莉……"

"喵……"

莉莉回答一声，沿着屋瓦走过来，磷光闪亮的眼珠渐渐靠近前来。

"莉莉……"

"喵……"

"莉莉……"

"喵……"

她接连呼唤，每次莉莉都回答，这是以前所没有的。莉莉心里明白谁喜欢自己、谁讨厌自己，庄造叫它，它就答应；品子叫它，它装聋作哑，但是今夜它不厌其烦地回答品子的呼唤，而且那声音含带着媚态，显示出难以言喻的温柔。它抬起绿光荧荧的眼睛，波动的身体摇晃着走到飘窗下面，接着又离开而去。大概猫都是这样的，对自己以前不喜欢的人，现在要让她疼爱自己，于是怀着对自己过去简慢冷淡的态度表示歉意的心情，才发出那种声音。它拼命地表白自己已经痛改前非，期待得到对方今后的爱护，希望这种心情能得到理解。品子第一次得到这只动物如此亲切的回应，高兴得跟小孩子一样，又喊它几次，想抱在怀里，却总是抓不到它，于是故意离开窗边，不一会儿莉莉纵身跃进屋里。完全出乎意料，竟然直接来到坐在被窝里的品子身边，把脚搭在她的膝盖上。

这究竟是怎么回事啊！——品子一时没有反应过来，莉莉抬起头用充满哀愁的眼神看着她，依偎在她的怀里，额头使劲地顶压着法兰绒的睡衣领子。品子也把脸颊贴在它脸上，于是莉莉把她的下巴、耳朵、嘴边、鼻头舔了个遍。以前听说和猫单独相处的时候，猫也和人一样，又是亲吻又是厮磨，以表示自己的爱，原来就是这样啊。怪不得丈夫总是避开自己，偷偷单独和猫在一起，原来就是这样玩耍。——她闻着猫的毛皮特有的阳光般的气味，感觉到粗糙的舌头在皮肤上舔动时的痛痒，猛然间觉得猫无与伦比的可爱，一边叫着"莉莉"，一边把它紧紧搂在怀里。她发现毛皮上到处都有闪亮的光点，果然它刚才被雨淋了。

可是，它为什么不去芦屋，而是回到这里呢？大概它原本打算跑回芦屋，可是半途迷路才折回的吧？两地的距离不过三四里，却花费三天时间在外面徘徊流浪，最后还是因为找不到方向，才返回到这里。对于莉莉来说，这未免太没有出息，但也许正说明这只可怜的动物已经衰老到这个地步。有此心无此力，无论视力、记忆力、嗅觉，大不如前，恐怕只有以前的一半吧，走什么路，沿什么方向，怎么被带到这儿来的，都已经毫无头绪，所以走哪一条路都迷惑，最后只好迷途知返。要是过去，认定一个方向，不管前面是否有路，它都勇往直前，不顾一切艰难险阻，而今天已经没有了这个自信，一踏进陌生的地方，就害怕惊恐，不由自主地畏缩不前。莉莉肯定如此，其实它并没有跑远，只是在这一带转悠徘徊。那么，昨天晚上，前天晚上，它也许就悄悄来到这窗户附近，窥视屋里，犹豫着要不要让人放自己进去。今天晚上也是这样，蹲在屋顶的黑暗处，经过长时间的考虑，恰好又发现屋子里亮着灯，而且还下起雨来，于是才急忙发出那种叫声，敲打窗户。但不管怎么说，回来就好。品子觉得以前让莉莉吃了不少苦头，但莉莉以此证明它并没有把品子当作陌生人。而且，就今天晚上深更半夜还开灯看杂志，这恐怕也是冥冥之中的预感吧。再想想自己这三天几乎彻夜未眠，其实就是有意无意地怀着莉莉回来的某种期待吧，她情不自禁地流下泪水。

"莉莉啊，你哪儿也不要去了。"

她再次紧紧抱着莉莉，莉莉少有地乖乖由她抱着，一动不动，一声不吭，只是流露出悲哀的眼神，如今的品子竟然不可思议地读懂了这只老猫的心事。

"你一定饿了吧。现在已经是深夜了，要找的话，厨房里大概会有东西的吧。可是，没办法，这不是我的家，还是等到明天早晨吧。"

她说一句，蹭一下猫的脸颊，慢慢把莉莉放下来，关好窗户，把坐垫铺好，给它当床，把后来放进壁柜里的砂锅拿出来。当她做这一切的时候，莉莉一直紧紧跟在她后面，缠在她脚边，她一站起来，莉莉立即跑到她身边，歪着脑袋，用耳后根摩挲她的脚。

"好了，好了，知道了。来吧，到这儿睡觉吧。"

品子把它抱到坐垫上，连忙关灯，钻进自己的被窝，可是还不到一分钟，枕边就闻到那股太阳般的气味，被子鼓起来，天鹅绒般柔软的毛茸茸的东西爬了进来，从头部钻到脚部，在被尾扭动一小会儿，又爬到上面来，把脑袋放在睡衣的怀里，这才安静下来，很快喉咙就呼噜呼噜大声响起来，舒舒服服地进入了梦乡。

说起来，以前莉莉在庄造的被窝里睡觉的时候，也同样打呼噜，而睡在旁边的品子一听到这个声音，就莫名其妙地产生嫉妒。可是今晚的呼噜声听起来比以前更大，是因为它心情特别高兴呢，还是因为在自己的被窝里听得格外清晰呢？她的胸口感觉到莉莉冰凉湿润的鼻头和异常软乎乎的肉垫，第一次体验让她觉得奇妙而愉悦。黑暗中伸手摸到它的脖子，莉莉会发出更大的呼噜声，有时还突然在她的手指头上咬一口，留下牙印。虽然品子从来没有过这种体验，但知道这是猫异常兴奋和高兴的表现。

从第二天开始，莉莉和品子就成为好朋友，看得出来，它对主人十分信任，什么牛奶、干鲣鱼刨片拌饭，都吃得津津有味，而且每天排便好几次。这样，四叠半的小房间里就充满臭味，然而，没想到这臭味唤起她各种各样的回忆，感觉芦屋时候的令人怀念的日子出现在眼前。为什么这么说呢？芦屋的家，一天到晚都弥漫着这种气味，已经渗透进隔扇、柱子、天花板里。她和丈夫、婆婆一起生活的四年里，忍受着无数的委屈和悲伤。当时她咒骂这种臭不可闻的气味，今天这同样的气味却勾起她甜美的回忆。当时由于这个气味对猫格外仇恨，今天却恰恰相反，由于这个气味对猫格外怜悯。从此以后，她每天晚上都抱着莉莉睡觉，想到以前为什么讨厌这么柔顺可爱的小动物呢，甚至觉得自己就是一个心地狠毒的魔女。

那么，现在就要谈谈品子给福子写那封令人不快的信函以及一而再再而三地通过塚本把莉莉要过来的动机。坦率地说，其中的确包含着恶作剧和故意刁难的心态，也有以猫作为诱饵说不定万一会把庄造吸引过来的期待。不过，她并非只是关注眼前，而是着眼于更长远的未来。——她预测：福子和庄造的婚姻不会一帆风顺，而是半途而废，早则半年，晚则一两年，两人就会分道扬镳。她自己就是因为塚本做媒，上了媒人花言巧语的当，才嫁过去，这也是自己的失败。如今被那个懒惰、窝囊、无业的男人抛弃，也许反而是一种幸福。但是，她无论怎么想都气恼愤恨、不能善罢甘休的是：两个当事人并没有感情完全破裂，而是别人使用阴谋诡计，玩弄花招，把自己赶了出来。这个念头一直纠结在她的心间。其实这件事说起来，不，想起来，自己也是狂妄自大，没错，自己和婆婆相处不好，但夫妻关系不是也很糟糕吗？自己说丈夫笨，视其为低能儿；而丈夫说自己蛮不讲理，变得十分忧郁，于是两人总是吵架，当然双方的个性也是格格不入。如果丈夫真的喜欢自己，不论旁人怎么怂恿，也不会找别的女人。塚本等人虽然嘴上不明说，其实心里肯定就是这么想的。不过他们并不了解庄造的性格，照品子的话说，庄造这个人，只要旁人使劲一鼓动，他就不由自主地听任别人摆布。不知道是漫不经心呢，还是玩世不恭，只要别人对他说这个女人比那个女人好，他就晕晕乎乎，心旌摇曳，但他本人还不至于有一心另结新欢，把妻子赶出家门的心计。因此，品子虽然没有感到自己被丈夫痴心热恋，但也没有觉得被丈夫嫌弃讨厌，要是没有周围那些人耍奸使坏、挑拨离间的话，大概也不会闹到分袂离散的地步。自己之所以遭此不幸，完全是阿玲、福子、福子的父亲这些人密谋暗算的结果。说得夸张一点儿，品子的内心深处萌生出棒打鸳鸯的感觉，所以尚有依依不舍之情，现状让她无法忍受。

可是，在她隐隐约约察觉到阿玲等人所作所为的时候，本应该采取必要的措施吧。——尤其即将被赶出芦屋的最后关头，要是再坚持一下就好了。——本来在筹划谋略上，与婆婆阿玲不相上下，却为什么轻易举旗投降，乖乖地被赶出家门呢？这与她平时争强好胜的个性一点儿不相符，其实这其中有她的考虑。说实在的，在处理这个问题上，开始有几分疏忽大意，因为她以为婆婆阿玲怎么也不至于把那个曾经轻佻的不良少女福子作为自己的儿媳妇，而且预见到水性杨花的福子没有常性，所以不太当成一回事。这虽然是品子低估的错误，但至今她还依然认为这一对儿长不了。

因为福子还年轻，还有一副好色的长相，根本就没有值得自豪的学问，也就上过一两年女子中学，只是因为嫁妆丰厚，庄造面对丰盛的"筵席"，不可能不动筷子，现在大概会有桃花运当头的感觉。不过，福子很快就会觉得庄造不能满足她的要求，开始移情别恋。那个女人不能安分守己，无法守住一个男人过，在这方面已经声名狼藉。明摆着这事迟早要发生的，当然做得太过分，实在看不下去，脾气再好的庄造也不会答应的，到那时阿玲也无能为力。庄造另当别论，一贯精明能干的阿玲对福子的品行不是没看出来，但利令智昏，才不顾一切地密谋策划。所以，品子的小算盘是，与其最后拼个你死我活，不如先退一步，作为权宜之计，暂时让对方取胜，再徐图后策，也不迟，绝没有就此放弃。

当然，这个心思绝对不能对塚本吐露半字。品子表面上装作一副受欺负的可怜相，以博取大家的同情，心中则意志坚定，决心一定要重返芦屋，你们就等着瞧吧。这种心愿总有一天会实现的，希望支撑着她活下去。

尽管品子认为庄造这个人靠不住，不知道为什么，却对他恨不起来。像这次，自己没有主意，晕晕乎乎，周围的人说东就是东说西就是西，一点儿主见都没有，随风倒，听凭别人的摆布，就像刚刚学步的小孩子，令人担心，又觉得可怜。本来他的这种性格让人觉得还有可爱之处，但一想到他是个大人，就不由得心头火起。想到他比自己小几岁，倒是感觉有温柔体贴的一面，受到这种温情的羁绊，也就无法自拔，结果把自己带来的东西统统投入进去，可最后落了个净身出户。正因为自己付出太多，尽心竭力，所以才不死心。

　　就说这一两年吧，家庭的生计支出，一多半都是靠着她单薄的身子来维持的。好在她针线活儿手艺高，附近的手工活儿都能揽过来，连晚上都加班到深夜，几乎没好好睡觉，这才勉强度日。要是没有她勤勤恳恳的劳动，当婆婆的再怎么飞扬跋扈，也无济于事。阿玲在这一带口碑不好，大家都讨厌她，庄造又没有信誉，外面欠款颇多，催债人频频上门催促讨还，但大家都看在同情品子的分儿上，往往都拖欠到月末年末。

　　然而，这一对忘恩负义的母子利欲熏心，把那种女人招进门来，以为这样子就鸟枪换炮了。走着瞧吧，看那个女人能不能操持这个家庭。虽然那个女人嫁妆丰盛，不过正因为如此，她就更加趾高气扬，随心所欲，庄造也躺在嫁妆的钱财上，变得更加懒散怠惰，等三个人的如意算盘最后都化为泡影，便会发生无休无止的纠纷争执。到那时候，才开始知道前妻原来是多么善良贤惠，品子绝不会这样放荡不端，知道什么时候该怎么做，不仅庄造，连他的母亲都承认自己的失策，后悔莫及。

　　那个女人也自有其一套，把整个家庭搅得一塌糊涂以后，最后离家出走。事情的结局洞若观火，完全可以打包票的，只有那些可怜虫还看不明白。品子内心嘲笑他们，同时等待时机，不过她办事小心谨慎，在等待时机的过程中想到把莉莉要过来的计谋。

关于福子上过一两年比自己高一级的学校这一点，品子觉得教育上不如人家，不过，她也很自负，要是比真正的聪明才智，福子、阿玲都不是自己的对手。当她想出来把莉莉要过来的办法时，觉得这是一出奇思妙想，很佩服自己的才能。为什么呢？因为每逢刮风下雨的天气，庄造就会想起莉莉，也就会想起她来，怜悯莉莉的心情也会不知不觉地怜悯起她来。这样一来，出于在精神上永远无法切断缘分的原因，在他与福子发生情感危机的时候，就会更加想念莉莉，更加想念前妻。如果大家听说她没有再婚，与猫相依为命，过着孤苦伶仃的生活，自然就会赢得人们的同情，庄造听说后应该也不会感到厌恶，于是越来越讨厌福子，用不着自己亲自动手，就能成功地离间他们的关系，可以提早实现破镜重圆的心愿。

如愿以偿，自然无比幸福，这是她的期待和愿望。问题是对方能否顺利地把莉莉交给自己，但如果煽动起福子的嫉妒心，也许事情能顺利进行。那封信是经过如此深谋远虑之后而写的，并非单纯的恶作剧或者故意刁难。可悲的是，那些没脑子的可怜虫根本摸不透我想把并不喜欢的猫要过来的真实意图，还进行各种滑稽至极的胡乱猜测，像无知的孩子般神经兴奋。想到这里，品子对他们怀有无法抑制的优越感。

正因为如此，当好不容易要过来的莉莉逃跑时，她有多么沮丧；当莉莉出乎意料地回来时，她就有多么喜悦。但再深重的感情毕竟都是经过她自以为是的"深谋远虑"的盘算，所以不会是真正的发自内心的喜爱。不过，自打莉莉到来以后，一起在二楼生活，出现了完全预想不到的结果。

她每天夜里抱着太阳气味的猫咪在一个被窝里共眠，心想猫咪这种动物为什么这么可爱？过去自己为什么不能理解呢？如今深感悔恨和自责。住在芦屋那时候，从一开始就对猫咪具有一种莫名其妙的反感，完全看不到猫咪的优点。说起来，是因为吃醋。因为嫉妒，原本可爱之处就变得可恶可恨。例如，冬天时候，她憎恨莉莉钻进丈夫的被窝里，同时也觉得丈夫可恨。可是现在呢，毫无憎恨之心。最近，她也对寒夜独眠的痛苦深有体会，何况猫的体温比人的高，更加怕冷。

据说猫觉得天热的日子只有立夏那三天，现在秋天已经过半，老猫莉莉眷恋温暖的被窝不是理所当然的吗？再说了，她现在和猫一起睡，感受到猫的温暖，又是怎样的呢？往年这个季节，没有热水袋就无法睡觉，而今年还没有开始用，一点儿也不觉得冷，这不是莉莉带来的好处吗？她现在每天晚上都离不开莉莉。以前，她憎恨猫的随心所欲，憎恨猫对人不同的态度，憎恨猫当面一套背后一套的行为，其实这一切都是自己对猫的感情不够导致的。猫有猫的智慧，它们非常了解人的心情。莉莉不像以前那样，当知道主人对它怀有真正的爱心时，就立即回来，表现得十分亲昵。这就是证据。她固然意识到自己的心理变化，但是莉莉比她更早就已经嗅出来了。

品子以前觉得，猫对愚蠢的人既不会感受，也不会表现细腻的感情。一个原因是阿玲等人一直说自己是一个倔强的女人，久而久之，自己也这么认为，但想到这几天为莉莉而付出的辛苦操劳和关怀体贴，忽然惊讶地发现自己身上原来潜藏着如此热忱温柔的情绪。这么说来，庄造以前都是亲自照顾莉莉，不让别人办理，每天过问它的食谱，三天两头就要去海边取细沙回来更换粪纸里的沙子，一有空就给猫捉跳蚤，用刷子梳理它的毛，细心观察它的鼻子干不干、粪便软不软、掉不掉毛，稍有异常就喂药……见他无微不至地照料莉莉，品子心想这懒汉居然这么尽心尽力，对他更加反感。

然而，现在自己不也和庄造一样吗？而且她住的还不是自己的家。她和妹妹谈好条件，自己挣钱，支付伙食费，所以不能算是吃闲饭，但毕竟是在一种有所顾忌的环境里养猫。要是在自己家里，可以在厨房找一些残羹剩饭喂猫，但在别人家里，就不能这么做，只能把自己的饭菜节省下来，或者去市场寻觅一些东西。品子的生活本来就极其节俭，偶尔出去买一点儿东西，但是给莉莉的开销不断增加，也让人心疼。还有一件麻烦的事，就是粪纸。芦屋的家离海滨只有五六町，取沙比较方便；但这里是阪急沿线，离海滨非常远。开始两三次，都是到建筑工地取沙，最近这附近哪儿都没有沙子。如果不更换沙子，满

067

屋子都是臭味，甚至已经散发到楼下，妹妹妹夫都露出不悦的脸色。没法子，只好深夜拿着铁锹出去，到附近的田地里挖一些土，或者从小学操场的滑梯下面偷一些沙子。这时候，经常有狗对着自己狂吠，有时还有行踪可疑的男人尾随自己。

这一切，都是为了莉莉。否则，无论是谁让她去，她也不会去干这样的活儿。可是，为了莉莉，为什么会如此心甘情愿不辞辛苦呢？她思来想去，在芦屋居住的时候，为什么拿不出现在这样一半的爱心去关爱莉莉呢？要是自己有这份爱心的话，大概也不至于和丈夫感情不和，遭此磨难吧，当然如今后悔莫及。细细一想，其实不能怪任何人，都是自己不好。一个女人，连对这样单纯、温柔的小动物都没有爱心，怎么能不被丈夫嫌弃呢？正因为自己有这样的缺点，才给别人造成可乘之机。

到了十一月，早晚寒气逼人，夜间往往有六甲山的山风吹落下来，从门缝穿进来，砭人肌骨。品子和莉莉抱得更紧，贴在一起，还是冻得瑟瑟发抖。终于实在忍受不了，把热水袋拿出来用。莉莉高兴得不得了。品子每天晚上躺在热水袋的温暖和猫的活力的热乎乎的被窝里，听着呼噜呼噜的声音，嘴贴在躺在怀里的莉莉耳边，说道："你比我更懂得人情。"

"都是我不好，也让你日子孤孤单单，再忍一忍吧。"

"快了。忍一忍，就可以和我一起回到芦屋去，以后我们三口好好过日子吧。"

说着说着，品子泪水涌出，在深夜漆黑的房间里，除了莉莉之外，尽管没有别人，但是她还是慌忙用被子盖住脑袋。

下午四点过后，福子说回一趟娘家，出门离去。刚才一直在里面的檐廊摆弄兰花盆栽的庄造，迫不及待地立即站起来，对着后门叫一声："妈。"

母亲正在洗衣服，因为水的声音的干扰，似乎没有听见。

"妈……"庄造提高嗓门，"你帮着看一下店。……我要出去一趟。"

哗哗的水声立刻停了下来，传来母亲稳重的声音："你说什么？"

"我出去一趟……"

"去哪里？"

"就在附近。"

"干什么去？"

"别老问个没完没了……"他立刻板起面孔，鼻孔张大，但瞬间转变态度，回复惯常的撒娇般的口气，"嗯，也就半个小时左右，让我出去打一会儿台球好吗？"

"你不是答应过我不玩台球了吗？"

"让我玩一次吧，都有半个月没玩了。好吗？求您了。"

"好不好我不知道。等福子在的时候，她同意，你就去。"

"为什么啊？"

在后门弯腰洗衣服的母亲听见儿子硬邦邦的声音，清晰地浮现出他生气时那孩子般撒娇任性的模样。

"为什么每件事都要老婆同意啊？行还是不行，不问老婆，您就不能表态吗？"

"不是这么回事，是她让我多注意你。"

"这么说，您已经成为福子的眼线监视我了？"

"说什么傻话啊……"

母亲不再搭理庄造，又开始哗哗地洗衣服。

"您到底是我的妈，还是福子的妈？是谁的妈？您说，是谁的……"

"你住嘴，这么大嗓门，让左邻右舍听见，像什么话！"

"那好，您洗完衣服，到店里来。"

"好了好了，我什么也不说，你爱上哪儿上哪儿。"

"您别说了，过来一下吧。"

不知道庄造想什么，突然走到后门，一把抓住蹲在水管下面洗衣服的母亲那满是肥皂泡的手腕，硬把她拉到里屋来。

"妈，趁这个时候，让您看看这个……"

"什么啊？这么急……"

"这个，您看看……"

庄造打开六叠半的夫妇起居室的壁柜，放在下层角落里的柳条箱和小柜橱之间的空隙形成黑乎乎的空洞，那里面堆着暗红的发硬的东西。

"那是什么，您知道吗？"

"是什么啊……"

"那是福子的脏东西，就这么接连不断地塞在里面，从来不洗，所以堆得满满的，连柜橱抽屉都拉不开了。"

"不对啊，她的东西不是经常送洗衣店吗……"

"没错，可不至于也把缠腰布送去吧。"

"哦，那是缠腰布啊……"

"对。再怎么说也是个女人，怎么这么邋遢呢？我都吓一跳，实在看不下去。您看这个样子，应该明白了吧，怎么不说她两句呢？您别老对我唠叨个没完。您看看福子，吃喝玩乐，您怎么就视而不见呢？"

"她把这些东西塞在里面，我一点儿都不知道。"

"妈，您干吗啊？"

庄造突然吃惊地叫起来，原来母亲钻进壁柜里，开始把这些脏东西窸窸窣窣地拽出来。

"我想把壁柜清理干净……"

"您别弄了，脏！……别弄了。"

"你就甭管了。"

"这算什么啊，婆婆翻动儿媳的这些脏东西。我可没有让您这么干的，我是让您叫福子自己做。"

阿玲装作没听见的样子，从壁柜昏暗的角落里拽出五六个团成圆形的法兰绒带子，然后双手抱住走到后门，放到洗衣桶里。

"您要给她洗吗？"

"你就别操心了，男人少说话。"

"妈，为什么不让福子洗自己的缠腰布啊？"

"别啰唆，我把这些放在洗衣桶里，倒上水，放在这里。她看见了，自己就会洗的。"

"傻女人样儿，她才不会呢。"

虽然母亲嘴里这么说，肯定还是她自己洗，所以庄造依然一肚子气，不再说话，也不换外出衣服，就穿着厚司①棉衣，在土间②套上木屐，翻身跳上自行车，出门去了。

原先说是去打台球，的确也是这么打算的，但刚才那件事让自己很不痛快，也就没有了兴趣。他骑着车，按着车铃，沿着芦屋川的步行道漫无目的地奔驰，上了新国道，过了业平桥，往神户方向骑去。

还不到五点，但晚秋的太阳开始在笔直的国道前方下坠，夕阳如一条巨大的宽带横向流淌，阳光几乎平行地照射在路面

①厚司，大阪厚司布，大阪特产的厚棉布。
②土间，室内没有铺地板的地面，或铺着三合土的地面。

上，将行人、车子的侧面抹上红色，拖着长得可怕的影子。庄造却是正面迎着阳光，微低脑袋，避开如钢铁般闪闪发亮的柏油路的刺眼，穿过身边的森①公立市场，打算前往小路②公交站。忽然在电车铁轨对面的一家医院的墙外，看见榻榻米店的塚本正坐在那里专注地缝着榻榻米。庄造一下子来了精神，蹬着车子过去，打招呼道："忙着呢。"

"哦。"

塚本没歇手，只是用眼睛回应。他想在天黑前赶完手上的活儿，一边穿针拔线，一边说道："这时候了，还要去哪里啊？"

"没打算去哪里，随便遛到这里来了。"

"是找我有事吗？"

"不，没事……"庄造说完后，连自己都吃了一惊，便将眼睛鼻子挤作一团，堆出皱纹，装出带笑不笑的模样，"没事，刚好从这里经过，顺便打个招呼。"

"哦。这样啊……"

塚本似乎对眼前这个停下自行车、杵在身边的人不感兴趣，继续低头干活。要是在意庄造的话，即使工作再忙，至少也会寒暄几句，诸如"最近怎么样啊？""莉莉的事情想通了吧？"等。庄造感到意外，他在福子面前绝对不能说"想莉莉"

①森，地名。
②小路，地名。

这样的话，只好拼命憋在心里，连莉莉的"莉"都不敢说出口，万千思念只能郁积心底。今天无意间遇见塚本，本想向他倾吐自己千愁万绪的苦闷，使自己的心情稍微好受一点儿，所以怀着极大的期待，塚本应该说几句安慰的话，或者对他一直没有和自己联系表示歉意。

为什么这么说呢？庄造通过塚本把莉莉交给品子的时候，两人就约定，以后塚本代替庄造经常去看望莉莉，看看它过得怎么样，并且向庄造报告。当然这是他们两人之间的约定，对阿玲和福子绝对保密。正是因为有这一条非常重要的条件，庄造才把莉莉交给塚本的，可是此后塚本一次也没有去看望莉莉，没有守约，这不是花言巧语骗人吗？现在还跟没事人似的。

其实，塚本并不是言而无信，只是因为最近店里的活儿太多，忙于做生意，无暇前去。庄造本想利用今天遇见的机会，对他抱怨几句，但看到他忙得不可开交的样子，哪有闲工夫听他提什么猫狗的事情。即便提出来，说不定反过来遭他怒斥。

夕阳的光线逐渐暗淡下来，塚本手里的针依然忙碌地穿来穿去，闪耀光亮。庄造伫立着，心不在焉地看着他灵巧的双手动作，仿佛看得有点出神。这一带的国道沿线，人家稀少，南面有养殖食用蛙的水池，北面竖立着一尊崭新的巨大的国道地藏石像，是为了供养交通事故的死者刚刚修建的。医院的后面是一大片田地，再远处就是阪急沿线的群山，刚才在清澄透明

的空气里还能清晰地看见山峦层层叠叠的皱褶，现在已经开始
笼罩在黄昏苍茫的薄霭里。

"那我告辞了……"

"再待一会儿吧。"

"下一次再慢慢聊吧。"

庄造的一只脚踩上自行车踏板，蹬了两三步，觉得不甘心，
又返回来："我说啊，塚本君，又麻烦你了，有一件事想问你。"

"什么事？"

"我想现在去六甲看看……"

塚本终于缝好一叠榻榻米，站了起来："去做什么啊？"

他一副惊讶的表情，把抱着的榻榻米嘭的一声又放倒在台
座上。

"怎么说呢，分开以后，不知道现在怎么样，一点儿消息都
没有……"

"你是当真的？你还放不下，不像个男人的样子！"

"不是，塚本君！不是这样的……"

"所以啊，当初我一再叮问你，你不是说对那个女人已经毫
不留恋，见到她都觉得恶心吗？"

"塚本君，你等等！我说的不是品子，而是猫。"

"什么？你是说猫？"塚本的眼睛、嘴角突然流露出笑意，
"啊，原来是猫啊。"

"是啊，你说自己会常去，看看品子是不是疼爱莉莉，看看它的样子，你还记得吧？"

"我说过吗？不过，今年发生水灾，店里的生意就忙不过来……"

"这我知道，所以就没想让你去……"

庄造语带讽刺，但塚本毫无反应。

"你还忘不了那只猫啊？"

"怎么能忘得了呢？品子会不会虐待它，它是不是适应新环境，我整天挂念着，每天都梦到它。但是我在福子面前绝对提不得猫，这更让我难受……"庄造捶打胸脯，装出一副哭丧的表情，"……说真的，我一直想去看一次，都快一个月了，可是不许我单独出门。我能不能不见品子，不让她知道，就和莉莉见一面，这能做到吗？"

"这个嘛，难……"塚本的意思是叫他好好忍着，一边伸手拿起刚才那张榻榻米，一边说道，"虽然你这么说，可别人会怎么想？人家要是认为你不是为了看猫，而是对品子还恋恋不舍，那就麻烦了。"

"要是别人这么认为，我也受不了。"

"石井君啊，我看你还是死了这条心吧。既然送给别人了，怎么想，不也没办法吗？"

"我说啊……"庄造没有回答，又提出一个新问题，"品子是住二楼呢，还是住楼下？"

"大概是二楼吧，不过也常到楼下来。"

"有不在家的时候吗？"

"这我就不知道了。她做裁缝，一般都会在家里吧。"

"大概几点去澡堂？"

"不知道。"

"哦。今天打扰你了。"

"石井君……"塚本抱着榻榻米站起来，看着已经骑出一两间①的庄造背影说道，"你真的要去吗？"

"不好说，先到附近去看一看。"

"去不去随你便。以后要是发生纠纷，我可不管。"

"你别把这事告诉福子和我母亲，拜托了。"

庄造的脑袋左右摇晃着，越过电车铁轨，向对面骑去。

庄造现在要去的地方，需要巧妙的安排，既不能与那一家的人见面，又能悄然一睹莉莉芳容。好在屋后是一片空地，可以藏身于白杨树背后或者杂草之中，以极大的耐心等待莉莉出来，此外别无他法。不妙的是，天色已黑，它即使出来，也难以发现，而且正是初子的丈夫下班回家的时间，初子也会在厨

---

①日本长度单位，一间约为 1.8 米。一町为 60 间。

房忙着准备晚饭，自己总不能像溜门贼那样在外面转来转去。

这么说来，其实应该早一点儿来。不过，对他来说，能不能见到莉莉倒在其次，最重要的是，能够瞒过老婆的眼睛，骑着自行车到处乱转，好久没有这样了，这种愉快是无法形容的。如果今天错过见莉莉的机会，至少还要再等半个月以后。福子时不时回娘家缠着父亲要零花钱，大致一个月两次，一般是一号和十五号前后。去的话，肯定都在那边吃完饭，早的话八九点回来。今天也是如此，庄造从现在起有三四个小时属于自己，可以自由自在地游玩享受。如果做好忍饥挨饿的思想准备，至少有充分的时间可以在屋后空地上等候两个小时。如果莉莉没有改变晚饭后出门散步的习惯的话，或许在这里能够见上一面。莉莉饭后有吃青草的习惯，所以一般都会去草地。

庄造一边骑车，一边思考这些事情，来到甲南学校附近，把自行车停在一家叫作国粹堂的收音机店前面，从外面张望一眼店里，确定店主在里面。

"您好。"他把玻璃门推开一半，"实在抱歉得很，能借给我二十钱吗？"

"二十钱够吗？"

店主人似乎想说：虽然不是完全陌生的面孔，但也没有熟悉到随便闯进来毫不客气地开口借钱的程度。不过他一转念，心想不过就二十钱，不好拒绝，便从手提保险箱里取出两枚十钱的硬币，默默地放在他的手掌。庄造直接奔向对面的甲南市场，买了一袋豆沙面包和笋叶包裹的食品，放进怀里。

庄造回到收音机店："不好意思，借你的厨房用一下。"

他这个人是个好人，但也有厚脸皮的时候，已经习以为常了。店主人问："你要干吗？"他只是回答说"有事"，嬉皮笑脸地绕到厨房门，把笋叶包裹里的鸡肉拿出来，倒在铝锅里，点燃煤气，水煮鸡肉。做好以后，嘴里连说二十多遍"对不起"，又说道："实在不好意思，尽向你借这借那的，不过再请求你一件事。"

庄造向店主人借自行车的车灯。店主人从里屋拿出来一盏，"你把这个拿去吧"。车灯上有"鱼崎町三好屋"几个字，大概是某一家裁缝店的老式提灯。

"嚯，可是老古董啊。"

"也不是什么古董。方便的时候还回来。"

庄造出门的时候，天色还没暗，他把提灯别在腰里，来到阪急的六甲公交站前，立着一块写有"六甲登山口"的标记柱子，便把自行车寄存在街角的休憩茶馆里，然后沿着略微陡峭的坡路登上去，二三町的坡道上方就是他要去的那户人家。

他绕到房子北面的后门，爬进空地里，在两三尺高的茂盛杂草中，蹲在一堆草丛的后面，屏息凝神。

他咬着刚买的豆沙面包，打算在这里坚持两个小时，要是这期间莉莉出来，就用水煮鸡肉喂它，让它跳上自己的肩膀，让它舔自己的嘴边，愉快地度过今晚的时光。

庄造今天是因为不开心才跑出来的，漫无目的，自然而然地往西走，主要是半途遇见塚本，才下决心把路程延伸到这里。要是早知如此，应该把外套带来就好了，现在只是在厚司棉袄里面穿一件毛线衫，果然感觉寒气刺骨，冷得肩膀哆嗦。他仰望星光璀璨的夜空，穿着木板底草履的双脚接触到冰冷的草叶，忽然意识到，一摸帽子、肩膀，都是湿漉漉的一层露水，怪不得这么冷。这样子蹲两个小时，可能会感冒。

这时，庄造闻到厨房烤鱼飘来的香味，觉得莉莉闻到这个味道一定会从什么地方跑过来，不由得异常紧张激动起来。他轻声呼唤"莉莉、莉莉"，心想有没有别人听不懂、只有莉莉听得懂的暗号联系方式呢？他蹲着的草丛前面，长着茂盛的葛草。那茂密的葛叶中有什么东西时常闪亮，大概是夜间的露珠反射远处灯光的缘故吧，尽管他明知如此，但每次都会以为是猫的眼睛，而心头激动。……啊，是莉莉吗？多么高兴啊！这么一想，心跳加速，心口一下子紧张起来，但接下来就是巨大的失望。说起来显然可笑，庄造甚至对人都不会产生这样焦虑急躁的心情，他充其量也就是和咖啡店女招待打情骂俏。要是有什么恋爱体验的话，就是瞒着前妻和福子幽会，感受到一种莫名其妙的似快乐似焦躁的心跳骚动，也就如此而已。那是双方的家长撮合，巧妙安排，可以对品子蒙混过关，无须自己编排借口，更不会经受夜间冷露下啃咬面包的艰辛，因此也就少了一分不见不肯罢休的认真和坚韧。

母亲、妻子都把自己视为一个小孩子，生活无法自立的低能儿，庄造对此非常不服气。可是，这种愤愤不平的心情无人诉说，郁闷压抑的情绪只好积压在心里，难免涌起孤单寂寞、无依无靠的感觉，因此更加宠爱莉莉。他觉得品子、福子、母亲都不能理解他的孤独，只有莉莉那一双充满哀愁的眼睛才能看透他的心底，才能给他安慰，而且也只有他才能读懂猫的内心深处所具有的、不知道如何向人类表达的动物的悲哀。

然而，他们被活活拆散了四十多天，他曾经极力想忘掉这件事，尽快死了这条心，但莉莉离开以后，压在心头的对母亲、妻子的怨恨郁愤无处发泄，于是思念莉莉的强烈愿望又死灰复燃，无法抑制。如果设身处地为庄造想一想，严禁出门，进出自由受到干涉的处境，反而点燃了他相思的烈焰，想忘都无法忘掉。

还有一件事耿耿于怀，那就是塚本从来没有向他通风报信过任何东西。既然约定再三，为什么没有半点消息呢？如果忙于工作，情有可原，恐怕另有原因，为了不让自己担心，是否有什么事故意瞒着自己呢？比如说，莉莉受品子虐待，食不果腹，身体极度衰弱；或者逃之夭夭，不知去向；或者已经病死；等等。

那以后，庄造经常梦见莉莉，半夜常被惊醒，他觉得听见"喵喵"的叫声，便装作上厕所的样子，悄悄爬起来打开挡雨窗板观察。这样的事不止一两次，多次被自己的幻觉欺骗以后，就觉得现在听到的猫叫声、梦中所见的模样，莫不是莉莉的幽灵吗？它是不是已经死在逃回家的路上，只是灵魂回来了吗？这让他心惊胆战，浑身颤抖。但回头一想，不论品子是什么样狠毒的女人，不论塚本是什么样言而无信的男人，万一莉莉出了大事，也不至于一声不吭，不予通报的。现在对方没有任何消息，其实正证明了莉莉平安无事。每当庄造的脑子浮现出不祥的想法时，他都极力抹掉，但抹去以后，又会浮现上来。

不过，令人佩服的是，他忠实地遵循妻子的叮嘱，从来没有向六甲方向迈出一步，这倒不仅仅是因为受到严密的监视，主要是对品子用莉莉作为钓饵的做法甚感不快。他至今对品子要走莉莉的真实意图还不甚清楚，难道塚本不向自己报告莉莉的情况也是品子指使的吗？难道他们故意采取这种方法让我忧心焦急以便引诱自己过去看望的吗？

庄造各种各样的胡思乱想，更加坚定了要亲眼确认莉莉是否安然无恙的意志，同时对自己一步一步陷入她的陷阱所产生的反感也日趋强烈。他无论如何想见莉莉一面，但又绝对不愿意被品子抓住。"你终于来啦……"，一想到品子自作聪明、自鸣得意的样子，还有那一副自以为是的神态，他就恶心作呕。

其实庄造有他独特的狡黠手腕，巧妙地利用表面上装作性格懦弱、没有主见、随波逐流的样子。他把品子赶出家门用的就是这一手，看似阿玲和福子在操纵，但也许他比谁都讨厌品子。至今庄造还认为自己做得对，是品子活该，一点儿也不觉得她可怜。

　　二楼的玻璃窗被灯光映照着，可以肯定品子在家里。庄造蹲在草丛里，抬头凝视着灯光，那个太小看自己、一脸无辜相的女人形象在眼前晃动，感觉很不愉快。既然辛辛苦苦来到这里，哪怕听到一声从别人家里发出的那熟悉的"喵"的声音，知道它平安无事，自己的目的已经达到，就可以放心回去了。他又想，要不到厨房后门去，把鸡肉交给初子，向她打听莉莉的情况……可是再一看二楼窗户的灯光，心头出现那张脸，也就不敢上前。要是贸然过去，说不定让初子误会，很有可能上二楼把姐姐叫下来，至少事后一定会把这件事告诉品子的，那她就以为"计谋即将告成"，这种自以为是的狂妄就让人气愤。

　　这么说，自己就只能耐着性子蹲在这里，等着莉莉偶然经过这里的机会，可是到现在都没有看见任何迹象，恐怕今晚也不会有指望。袋子里的面包已经吃完，蹲在这里感觉过了一个半小时，也开始担心自己家里的情况。光是母亲的话，那还好说。要是福子比自己先回家，今晚一整夜都不会让自己睡觉，大概会浑身出现青紫伤痕。这也就算了，但从明天开始更是监视森严。可是，等了一个半小时，丝毫细微的猫叫都没听见，这就有些奇怪了，是不是应验了自己的梦中所见——这个家里没有猫了呢？刚才闻到厨房烤鱼的味道，应该是一家人吃晚饭的时候，应该也会喂给莉莉吃的吧？吃完以后，莉莉就会出来吃草，却不见它出来，这就是咄咄怪事了⋯⋯

庄造终于等不下去了，从杂草中站起来，蹑手蹑脚地走到厨房门口，把眼睛贴在木门的缝隙间。楼下的挡雨窗板全部关上，什么也看不见，只听见初子断断续续的像是哄小孩入睡的轻微声音，此外没有其他声音。再看二楼的玻璃窗，要是莉莉出现在窗户上，哪怕瞬间闪过，自己会多么高兴啊。窗户上安静地垂挂着白色的窗帘，上方微暗，下方明亮，大概是品子把灯泡拉下来，夜间加班赶工吧。庄造的眼前浮现出莉莉安静地蜷缩身子"の"字形地躺在正在灯光下聚精会神干活的品子身边安然酣睡的安宁景象。秋天的长夜，静谧的灯光将品子和莉莉笼罩在光圈里，此外的一切东西，一直到天花板，都是一片昏暗⋯⋯随着夜色加深，猫发出轻微的呼噜声，人在默默地缝制衣服，岑寂而亲切的场面⋯⋯在那扇玻璃窗里面，要是展现出如此平和的世界，那就是奇迹的发生⋯⋯莉莉和她亲密相处⋯⋯如果自己真的看见这样的场面，怎么能不让自己嫉妒呢？老实说，如果莉莉忘记过去、满足现状，自己也还是会生气的。当然，要是莉莉受到虐待甚或死去，肯定伤痛欲绝。总而言之，不论出现什么样的情况，他都不开心。这样的话，也许最好是不闻不问。

庄造听见楼下的挂钟响了一声，七点半了。……像被人推了一下，他转身离开，走了两三步，又折回来，取出小心藏在怀里的笋叶包裹的鸡肉，拿不定主意是放在厨房门口，还是垃圾箱上，犹豫不定，他想放在只有莉莉才能发现的地方。可是，如果放在草地上，恐怕会被狗吃掉；如果放在这旁边，又怕被家里人发现，不知如何是好。唉，现在顾不了那么多了。最晚必须在半个小时内赶回去。他的耳边仿佛响起福子说"你刚才上哪儿去了？"的声音，眼前出现福子怒气冲冲的凶狠模样，他急急忙忙地走进葛草丛里，把笋叶打开，用两块小石子分别压在笋叶两头，又摘下几片葛叶盖在上面，然后快步横穿草地，朝着存放自行车的茶馆拼命跑去。

那天晚上，福子比庄造晚差不多两个小时回家，她说带弟弟去看了拳击比赛，心情非常好。第二天，她稍稍提早吃过晚饭，对阿玲说道："妈，我们去一趟神户。"

于是，夫妻俩一起去了新开地的聚乐馆。

以阿玲的经验来说，福子每次从今津的娘家回来，就是说，她的钱包有了零花钱，五六天乃至一星期，一定非常开心。她会大手大脚地挥霍，一般会两次邀请庄造一起去看电影或歌剧等，所以夫妇感情圆满和谐。一周过后，钱包瘪下去，她就待在家里，无所事事，吃吃零食，翻翻杂志，时常对丈夫发牢骚。

而庄造呢，只是在妻子有钱的时候，装作温顺听话的样子；一到妻子手头拮据，马上换上一副势利眼的嘴脸，对福子成天板着脸，爱搭不理。结果最倒霉、受牵连的是母亲。因此，每次福子回娘家，阿玲就放下心来，好啊好啊，暗暗又松了一口气。

现在正处在夫妻和睦相处的友好周期，福子从神户回来三四天后的一个傍晚，两人隔着餐桌吃饭，福子说道："上一次看的那部电影，一点儿意思都没有。"她能喝酒，面色微红，略显醉意，"……你觉得怎么样？"

说罢，她拿起酒壶，庄造一把抢过去，给她斟酒。

"干一杯。"

"不行了。……我醉了。"

"来吧，再来一杯……"

"在家里喝酒没劲儿，明天能不能去外面喝？"

"嗯，我也想去。"

"钱还没怎么花呢……上一次在家里吃晚饭，然后出去看电影，所以还剩下不少呢。"

"那明天去哪里？"

"宝塚，这个月演什么节目？"

"歌剧吧……"

后来甚至还提出泡温泉，她的表情也没有表现多大的兴趣。

"既然还有点钱，有没有更有意思的地方？"

"你有什么考虑？"

"看红叶怎么样？"

"是去箕面吗？"

"箕面不行，最近遭水淹了。我好久没去有马了，想去看看。怎么样？赞成吗？"

"是啊……上一次什么时候去的？"

"差不多一年了吧……不对，不止，还听见溪树蛙鸣叫了。"

"那有一年半了。"

那是两人背着人偷偷相恋不久的事，一天，约在泷道终点站见面，然后乘坐神有（神户—有马）电车去有马，在御所坊的二楼的和室度过半天，听溪流的清凉水声，喝着啤酒，又躺又睡，玩得十分开心。两人还清晰地记着那一年愉快的夏天往事。

"那再去御所坊怎么样？"

"秋天这个季节比夏天好，可以看红叶，泡温泉，慢慢品尝一顿晚餐……"

"好，好，就这么定了。"

他们打算明天提早吃中饭后出发，福子从九点左右开始收拾东西，看着镜子里的庄造，说道："你的头发好脏啊。"

"也可能吧，有半个月没去理发了。"

"那你现在马上就去，半个小时以内回来……"

"有那么脏吗？"

"这个脑袋，我才不和你一起走呢。……快去！"

庄造左手接过妻子递给他的一日元钞票，一边扇动着纸币一边跑到东面大约半町远的理发店。来得正是时候，一个顾客也没有。

他对从里屋出来的老板说道："不好意思，快点理。"

"要去哪里啊？"

"去有马看红叶。"

"真不错，太太也一起去？"

"那当然。……本来吃过早中饭就出发，她让我半个小时内理完发再去。"

三十分钟后，他离开理发店，老板在他身后说"祝你玩得开心"，他也不理会，径直回家。刚一踏进店里，突然听见从里面传来福子严厉的声音："我说，妈，您为什么一直瞒着我？"庄造一听，呆立在土间里。

"……发生了这种事，为什么不告诉我？……这么说，您只是表面上装作和我站在一边，其实一直就让他这么干的吧……"

看来福子大动肝火，嗓门很高，而母亲在气势上显然被她压倒，偶然辩解一两句，也是嗫嗫嚅嚅，吞吞吐吐，听不清楚。福子的怒吼声响彻整个屋子。

"……您说什么？他不一定去？……真糊涂！他借人家的厨房煮鸡肉，不是送到莉莉那儿，那他送到哪儿去了？……他还把车灯带回来，还藏在那个地方，您应该知道吧？"

她极少这样揪着母亲尖声大喊大叫的，但是今天，就在庄造去理发的短短时间里，大概那家国粹堂派人前来取回那天借给庄造的二十钱和车灯。其实，那天晚上，庄造把那盏老式提灯挂在自行车前面回家，为了不被福子看见盘问，便藏在储藏室的架子上。母亲应该知道，所以国粹堂索要，母亲就取出来交给来人家了。但是，国粹堂原先说"方便的时候还回来"，为什么这么急急忙忙跑来要回去呢？不至于舍不得那盏老式提灯吧？是到附近来顺便过来取的，或者二十钱一直没还，心里不高兴？不知道是老板还是伙计来的，干吗要提煮鸡肉这件事呢？

"……我是说，如果他只是去看看莉莉，我也不会说什么。问题是他嘴上说看莉莉，其实不只是看莉莉吧？难不成您和他串通一气欺骗我，才心里舒服吗？"

被福子这么一说，连伶牙俐齿的母亲也无言以对，低眉顺眼，代儿子受气虽说可怜，但庄造也觉得有点解气。不管怎么说，要是庄造在家的话，福子的怒火不会到此为止，还会更加猛烈，他意识到必须赶紧逃离虎口，随时做好转身冲出门外逃跑的准备。

"……我知道，是您派他去六甲，和她商量怎么把我赶出家门的吧？"

紧接着，只听见嘭的一声。

"别这样！"

"放开我！"

"你要去哪里？"

"我去父亲那里，看是我说得对，还是您说得对……"

"庄造马上就要回来了。"

嘭、嘭、嘭……两人激烈地争吵着，感觉往店面走，庄造慌慌张张地逃到马路上，不顾一切地跑了五六町。不知道下一步怎么办，定神一看，发现自己跑到新国道的公交站前面，手里还攥着刚才理发店找零的硬币。

就在那一天下午一点左右，品子说要把早上做好的衣服送给住在附近的客户，在家居服外套一件毛线披肩，从厨房后门小跑着出去。初子一个人在厨房干活，庄造把拉门打开一尺左右，喘着粗气往里面探看。

"哎呀！"

初子吓得几乎跳起来。

庄造急忙不停地鞠躬，笑道："阿初……"他留心身后的动静，小声说道，"……刚才品子出去了吧？"接着，他急切地说，"……我刚才在那边看到品子了，她没发现我，我藏在白杨树后面。"

"你找姐姐有事吗？"

"没事、没事。我是来看莉莉的……"

庄造以一种无奈又悲切的语调说道："阿初，那只猫在哪里？……实在对不起，能让我看一眼吗？让我看看它。"

"在哪里呢？不在周围吗？"

"我也这么想，在周围转来转去，都站了两个小时了，根本就没有。"

"要这样的话，就是在二楼。"

"品子很快就回来吗？她去哪里呢？"

"给人送衣服去，就在附近……说是两三町的地方，马上就会回来。"

"啊，那怎么办？啊，愁死了。"他故意夸张地摇晃身子，使劲跺脚，"阿初，求求你了……"搓着双掌做出哀求的样子，"……今生今世的恳求，你现在把猫抱来吧。"

"见到它，你打算做什么？"

"什么也不做，我只想亲自看一眼它平安无事，我就放心了。"

"你会不会把它带走？"

"不会的。今天给我看一眼，以后就不来了。"

初子心头惊讶，凝视着庄造，仿佛要把他的心思看穿，不知道怎么考虑，默默地走上二楼，可是又回到楼梯中间。

"在啊……"

庄造从厨房探出脑袋："在吗？"

"我不会抱，要不你上来看吧。"

"我上去不要紧吗？"

"看一眼马上就下来。"

"好的。那我就上去了。"

"快一点儿！"

庄造走上又窄又陡的楼梯，心情激动。朝思暮想终于如愿以偿，能见到莉莉固然高兴，但不知道它变成什么样子。没有死于荒草野地，没有失踪，能够平安无事地生活在这里，这本身就很难得，要是没有受到虐待，消瘦病弱，那就更谢天谢地了。……分开才一个半月，它应该不会忘记自己吧，说不定会很亲切地依偎在自己身边，或者像上一次那样，羞涩地跑走。……它住在芦屋那时候，庄造外出两三天，一回到家里，它就缠在身边，到处乱舔。今天要是也这样的话，要拒绝它又得难受一番……

"在这里……"

窗帘紧闭，遮住外面晴朗明媚的午后阳光。品子做事谨慎细心，大概是她出门时拉上的。这样室内显得昏暗，薄影朦胧，放着一个信乐烧①的蓝青色火盆，日夜想念的莉莉就在火盆旁

---

①信乐烧，滋贺县信乐町烧制的陶器。

边，前脚弯曲在肚子下面，弓背卧在双层坐垫上，闭着眼睛打盹儿。看来它没有消瘦，毛色也很有光泽，平时应该受到爱惜。不仅专门给它准备了双层坐垫，而且它刚才的午餐还有生鸡蛋。被它舔得精光的饭盆和蛋壳都放在报纸上，靠在角落里，而且边上还放着与芦屋时候一样的粪纸。庄造猛然间闻到忘记好久的那股特殊的味道。这种味道曾经沁入自家的柱子、墙壁、天花板里，而如今弥漫在这间屋子里。

他顿时悲从心来，不由得低声叫道："莉莉……"

莉莉似乎听见有人叫它，慵懒地睁开混浊的眼睛，极其冷淡地朝庄造的方向瞥了一眼，没有任何表情。它把前脚更加弯曲在肚子下面，背脊的皮肤和耳朵抖动一下，仿佛打了个寒战，困倦难耐般闭上眼睛。

今天虽然阳光晴好，却寒冷沁骨，大概莉莉不愿意离开火盆，再加上肚子越吃越大，它也更懒得动了。庄造对这类动物的慵懒习性十分了解，习惯了这种冷漠的态度，所以并没有觉得意外惊讶，但可能是某种心理作用吧，看它的眼角积满眼屎，又见它这一副无精打采蹲着的样子，心想才分别这么几天，它又明显衰老虚弱，萎靡不振。尤其让他痛心的是它的眼神。以前原本就是一种发困的表情，今天就像一个病卧街头的流浪汉那样，飘浮着元气丧尽、精力疲惫的黯淡。

"已经不记得我了吗？……你这个小畜生！"

"瞧这傻样儿，人家看着你呢，装什么糊涂！"

"可不是吗……"

"是啊……所以……不好意思，阿初你在这里等着，把隔扇关上好吗？就一会儿……"

"你要干吗啊？"

"不干吗……只是想……把它抱在膝盖上……"

"哦，姐姐快要回来了。"

"阿初，那你在那个房间给我盯着。要是看见她回来，马上通知我。可以吗？"

庄造手放到隔扇的时候，一边说一边轻轻走进房间，把初子关在外面。

"喵……"

庄造一边呼唤着，一边走上前，坐在猫的对面。

莉莉起先觉得被人打搅自己的好觉，懒懒地眨巴一下眼睛，可是当庄造给它擦掉眼屎，把它抱在膝盖上，抚摩它的脖颈时，并没有表示厌恶的样子，一会儿喉咙发出舒服的呼噜声。

"莉莉，身体还好吗？每天都有人疼爱你吗……"

庄造情不自禁地想起过去和莉莉玩耍时候的点点滴滴，它爬到自己头上，舔着自己的脸，然而今天，不论他对莉莉说什么，它都闭着眼睛，只是发出咕噜咕噜的声音。庄造一边温柔地抚摩它背上的皮毛，一边稍稍宽下心来。环视室内，感觉细微之处依然保留着品子一丝不苟、喜欢洁净的习性。例如在她离开房间出门就两三分钟的时间，也要把窗帘拉上，而且在这四叠半的小屋子里，镜台、橱柜、裁缝用具、猫的碗盆、便器等都摆放得整整齐齐，有条不紊；探头一看插着火钳的火盆里，深埋着炭火的灰烬烧出漂亮的条纹；就连放在三脚架上的搪瓷水壶也都擦得明光锃亮。这还倒没什么，奇怪的是盘子里还留着蛋壳。她是自食其力，生活应该不会宽裕，却在贫困之中给予莉莉足够的营养。莉莉的双层坐垫，比她自己使用的坐垫的棉花要厚得多。她心里究竟怎么想的？为什么如此疼爱以前那么厌恶的猫咪呢？

现在想起来，由于自己的性格，不仅把前妻赶出门，而且殃及猫咪，害得莉莉也吃了不少苦。今天早晨，自己进不了家门，不由自主地跑到这里。听着这呼噜呼噜的声音，闻着这呛鼻的粪味，不禁黯然神伤，品子、莉莉肯定十分可怜，但最可怜的难道不是自己吗？他深感自己才是真正的无家可归的人。

这时，外面传来啪嗒啪嗒的脚步声。

初子慌慌张张地拉开隔扇："姐姐马上就到拐角那儿了。"

"啊！糟了！"

"不能从后门走！……从前门……转到前门……我把你的鞋拿过去。快！快！"

庄造连滚带爬地跑下楼梯，冲到外面玄关，初子从土间把他的木屐扔过去，他急忙穿上悄悄走上马路的时候，瞥见品子和他前后脚拐进后门的背影，他像身后有什么可怕的东西追赶似的朝着相反的方向一溜烟儿跑去。

少　年

回想起来，差不多是二十年前的事了。那时我十岁左右，住在蛎壳町二丁目，每天去水天宫后面的有马学校上学。——人形町街道的天空霞气迷蒙，鳞次栉比的商店的藏青色门帘沐浴着暖洋洋的阳光，正是怀着无限梦想的童心开始朦胧感觉春天朝气的时代。

那一天，春光晴朗，下午令人发困的课上完以后，我沾满墨汁的双手抱着算盘，正要走出校门，听见有人叫我："萩原荣……"

身后有人急急忙忙追上来的脚步声。原来是同级生塙信一。他是个小少爷，从一年级入学到今年的寻常小学①四年级，一直都有女用人陪护，片刻不离身边，所以大家都说他没出息，

①寻常小学，即普通小学。明治十九年（1886）开始实施对满六岁的儿童进行义务制教育而建立的初等普通小学。昭和十六年（1941）改为"国民学校初等科"。

是胆小鬼，哭鼻虫，没人愿意和他玩。

"有什么事吗？"

信一很少主动和人打招呼，我觉得有些不可思议，停下来，盯视着他身边那个陪护的女用人。

"今天一起来我家里玩吗？要在我家院子里举行稻荷祭①。"

如两道红绳捆住的嘴唇张开，吐出温和而怯生生的声音，目光含带着一种倾诉的神色。总是孤独一人，感觉内向乖僻的信一为什么意外地邀请我去呢？我有点不知所措，茫然站立，看着他的脸，想从他的脸上窥探出什么名堂来，平时被人骂为胆小鬼之类，受尽欺负，但是今天他站在我的面前，感觉他毕竟是世家名门的子弟，有一种高尚优雅的气质。他身穿捻丝绸的筒袖和服，系着博多献上纹②的腰带，外穿黄底格纹绸的和服外褂，脚下是平纹白布袜和竹皮草履，与他皮肤白皙的瓜子脸相得益彰，我再一次被信一的品位所打动，不由得看得出神。

这时，女用人说道："噢，萩原少爷，请您来我们家和我家少爷一起玩吧。其实今天有祭祀活动，夫人吩咐找几个诚实可爱的朋友一起来家里玩，我家少爷就选中了您。您来吧，还是不愿意呢？"

①稻荷祭，京都市伏见稻荷神社的祭祀活动。初春最重要的祭祀。祈祷五谷丰登，生意兴隆，安全健康等。
②献上纹，原为江户时代献给幕府将军的和服腰带的花纹，故称"献上纹"。主要由五种颜色的丝绸织成，称为"五色献上"，五种颜色与中国的儒教五常相对应。

听女用人这么一说，我心里十分得意，但故意一本正经地说道："那我得先回家一趟，告诉家里以后再过去。"

"也好，那么我们就陪您回家吧，由我给您的母亲说。好吧，我们一起去吧。"

"嗯，不用了。我知道你的家，一会儿我自己过去。"

"这样啊，那好，我们一定等着您。您给家里人说，祭祀活动结束后，我亲自送您回家，请他们不用担心。"

"啊，那好，一会儿见。"

接着，我向信一亲切地告辞，他那富有气质的脸没有一丝笑容，只是落落大方地点了点头。

我想到从今天起就可以和这个优秀的孩子成为好朋友，心里不由得高兴，于是避开假发铺家的幸吉、船夫家的铁公等平时的玩伴，急急忙忙地回到家里，将藏青色无纹的校服脱下来，换上黄底格纹绸便服，然后在格子门前一边对母亲说"妈，我要出去玩一会儿"，一边套上竹皮草履，一溜烟地向墙的家跑去。

在有马学校前边径直穿过中之桥，沿着浜町的冈田家的院墙，来到靠近沙洲的河边道路，这一带显得萧条而幽静。从新大桥旁边稍微往前走一点儿，右边有一家名牌江米团老铺和煎饼铺，斜对面那一块地方就是围墙长绕、有着坚固铁格子门的墙的家。从门前经过时，可以看见里面的院子绿树茂密，从叶子的空隙露出人字形山墙的日式建筑上闪亮的银灰色屋瓦，以及后面西式建筑暗红色的砖墙，完全是一座富豪居住的雅致清静的宅邸的感觉。

今天在里面要举办什么活动，在外面就能听见热闹喧吵的鼓声，面朝后街的后门敞开着，不少住在附近的穷人家的孩子络绎不绝地从这里进入院内。我本想走正门，对门卫说要找信一，却感到胆怯，有些害怕，于是随着别的孩子一起从后门进入院子。

好大的院子啊！我伫立在葫芦形水池边的草坪上，环视宽敞的四周环境，如同周延描绘的三幅一组的《千代田之大奥》[①]绘画里的水流、假山、雪见灯笼[②]、陶瓷仙鹤、洗石[③]等，错落有致，配置有序，从一块很大的伽蓝石[④]延伸出长长一路小的踏脚石，看似能通往远处的正屋的客厅。心想信一会在这里吗？觉得今天恐怕见不到他吧。

孩子们踩踏着毛毡般的草坪，在温暖的阳光下尽情玩耍。我一看，院子的一角搭起一座装饰漂亮的稻荷祭祠台，从那里到后门的一路上，每隔一间的距离排列着方形纸罩灯笼，还设置有诸多小台子，上面放着甜酒、关东煮、年糕小豆汤等食物。

---

①杨洲周延（1838—1912），江户至明治时代的浮世绘画师。擅长仕女图，尤其宫廷女官，将军夫人、侧室等美女风俗画。一般是三幅构成一组。《千代田之大奥》是其代表作。
②雪见灯笼，放置在池边的石灯笼，夜间点燃，灯光映照池水。一般认为，灯笼顶部似伞状，伞上落雪，故称"雪见"。
③洗石，造园工艺中横放在水流中改变水流的方向的石子，用以营造不同的情趣。
④伽蓝石，利用废寺的基柱石放在庭园中作为较大的分径石，周边再铺以小的踏脚石。

前来助兴的神乐①、儿童摔跤比赛的四周围满了黑压压的人群。我本想到这里是和信一一起玩耍的，现在感觉有点失望，便漫不经心地到处游逛。

我走到甜酒小台子前面时，系着红袖带的女用人笑着对我说道："小哥，来喝杯甜酒吧，不要钱的。"

我面无表情地走过去，走到关东煮前面的时候，一个秃顶老大爷同样对我说："小哥，吃点关东煮吧，没有钱也可以吃。"

我没好气地说道："不要，不要。"

我打算返回后门出去，这时一个身穿印有商店家徽的深蓝色号衣、满嘴酒气的男人突然冒出来："小哥，你还没拿点心吧？拿了点心再回去啊。这样吧，你拿着这个到客厅找那个大娘，她会给你点心的。快去吧。"

说着，他递给我一张鲜红色的点心票。我心里感觉一阵悲伤，可是心想万一能在客厅碰见信一呢，于是拿着票从庭院走过去。

没想到路上遇见陪护信一的那个女用人，她说道："少爷，您来了。一直在等着您呢，请到这边来。不要跟那帮野孩子一起玩。"

她热情地握住我的手，我不由得热泪盈眶，一时说不出话来。

我们沿着有小孩子身子那么高的外廊绕到伸展到院子前面

---

①神乐，为祭神演奏的舞乐。

的客厅后面，来到大约十坪的中庭里，围绕着胡枝子矮树篱的小客厅前面。

"少爷，您的同学来了。"

女用人站在梧桐树下大声通报，这时，从隔扇背后传来啪嗒啪嗒的碎步声，随着一声"别上来"的高声叫喊，信一跑上檐廊。

这个在学校胆怯畏缩的孩子，我觉得奇怪，怎么会发出如此清爽响亮的声音呢？他今天身着盛装，令我眼花缭乱，黑纺绸条纹平织的印着家徽的礼服，外面是和服短褂，下面是和服裙裤，在照射檐廊的晴朗丽日的沐浴下，挺拔而立，和服短褂的黑色方平织鱼子纹底色如银箔粉一样闪闪发亮。

信一拉着我的手走进有八叠大的、布置典雅别致的小客厅，飘溢着一种像我闻年糕点心盒底那样的甜腻的香气。屋子里放着两张又厚又软的八反坐垫①，似乎等待主人的到来。紧接着，就有茶水、和式点心、摆放着糯米小豆饭和小菜拼盘的朱漆高脚食案端上来。

"少爷，太太说请您和同学先品尝这个。……今天有很多好吃的东西，你们不要调皮，乖乖地玩耍吧。"

女用人见我客气，劝我吃了糯米小豆饭和金团②后，退了下去。

阳光充足的安静的房间，隔扇的纸张映照着檐廊前面的红

①八反，坐垫的一种规格，59cm×63cm。
②金团，白薯泥裹糖煮果子（豆子）。

梅的影子，红彤彤一片。远处传来院子里咚咚咚神乐的鼓声和孩子们叽叽喳喳的喧闹声，交织在一起。我仿佛身在一个遥远的童话的王国里。

"阿信，你平时就住在这房间里吗？"

"嗯。其实这原本是姐姐的房间。这里有姐姐各种有趣的玩具，我拿来给你看看。"

接着，信一从地柜里拿出奈良的猩猩①木刻、做工极其精美的翁媪人偶②、西京微型人偶、伏见人偶、伊豆藏人偶等，整齐地摆放在我们周围，各色各样无数的男女头像偶插在两叠大的榻榻米里。我们两人趴在坐垫上，仔细端详那些长着胡须、瞪着眼睛的精工细作的人偶的表情，想象这小矮人们居住的世界。

"这里还有很多绘双纸③呢。"

信一又从壁橱里拽出一袋画有半四郎④和菊之丞⑤肖像画的包装纸袋，里面塞满草双纸，有各种各样的画本。这些书都历经几十年的岁月，但木版画色彩依然鲜艳，保留着原先的光泽，

①猩猩，此处指中国的想象中的动物，海中灵兽，身体似猿，人面人脚，解人语，好饮酒，孝顺。
②翁媪人偶，据说高砂神社有一棵松树，长有雌雄两根树干，这是记纪神话中男女二神化身的老翁与老媪的形象。后人将其作为夫妇和谐的象征。人偶的形象是身穿能乐的服装，手持竹耙子和笤帚。
③绘双纸，即草双纸，日本古典通俗小说的一种，盛行于江户时代中期到后期，是当时大众小说的主流。
④半四郎，此处应指第八代岩井半四郎（1829—1882），歌舞伎演员。
⑤菊之丞，此处应指第五代濑川菊之丞（1802—1832），歌舞伎演员。

翻开散发着新鲜的历史味道的美浓纸封面，有点刺鼻霉味的纸面上，旧幕府时代各种俊男倩女的优美姿态栩栩如生，从鼻子到指尖，细微之处都做到毫发毕现，跃然纸上。画册中，有一处地方恰似这座宅邸的后院，一个小姐正和众多侍女一起捕捉萤火虫；翻下去，是一处荒凉的桥边，一个戴着遮住脸庞的深草笠的武士砍落侍从的脑袋，从他怀里夺走信匣里的信函，借着月光阅看；翻下去，一个蒙面黑衣的歹徒悄悄潜入女官的房间，持刀从被子上刺穿正在熟睡的、梳着香菇髻①的女人的咽喉；再翻下去，在地灯的朦胧微光中，站着一个身穿浓艳绮丽睡衣的女人嘴衔滴血剃刀，狠狠盯着脚边的双手伸向空中的男人的尸体，似乎在说"活该如此"。信一和我感觉最有意思的还是这样的杀人场面：眼球凸出爆裂的死人，腰斩后下半身依然站立的人，黑色血迹如乌云般形成斑点的怪异画面……我们都全神贯注地观看。

"哎呀，阿信，你又随便乱动别人的东西了。"

正当我们聚精会神观看的时候，一个身穿友禅绸宽袖和服的十三四岁的女孩一边说着一边跑进来。她额头紧窄，目光犀利，带着孩子般的怒容伫立着，瞪目盯视她的弟弟和我。信一起初吓得脸色苍白，蜷缩身子，但立刻改变态度，根本不理睬她，

---

① 香菇髻，江户时代的侍女中流行的发型，左右两鬓角突出，状似香菇。

瞧也不瞧姐姐一眼，照样一边翻看画册，一边说道："说什么呢？我没有乱动你的东西啊，不就是给朋友看看就是了。"

"这不就是乱动吗？我不是说了吗？不许你动这些东西。"

姐姐啪嗒啪嗒跑过来，要把信一手中的画册抢过去，但信一不放手。两个人分别抓着封面和封底，装订线的地方眼看着就要撕裂，互相瞪着眼睛对峙着。

"姐姐小气鬼！我才不借你的书呢。"

信一突然把书甩掉，顺手拿起奈良木刻人偶朝姐姐扔过去，但扔偏了，砸在壁龛壁上。

"你瞧瞧，这不算胡来吗？还要打我。好啊，你打吧，想怎么打就怎么打！前些日子，也是你，你瞧，这青瘀还没退呢。我要告诉爸爸，你走着瞧吧！"

姐姐满心怨恨，泪水盈眶，把绉绸裙裤的下摆掀起来，露出右边白皙小腿上的青瘀。从膝盖到小腿这一段能看见青色血管的柔嫩洁白的肌肤上，隐隐约约露出青紫色的污脏的血瘀，看了令人心疼。

"想告状就去告吧！哼，小气鬼。"

信一把人偶踢得乱七八糟，说道："走，到外面玩去！"

然后带着我跑出去。

来到户外，我觉得姐姐很可怜，不禁心头悲伤，问道："姐姐会哭的吧？"

"哭才好呢。每天吵架，就是要让她哭。姐姐可是小老婆生的。"

信一的语气显得狂妄傲慢，朝着西洋馆和日本馆之间的巨大榉树和朴树走去。老树枝繁叶茂，密密匝匝地遮挡阳光，潮湿的地面长着青苔，阴暗冰凉的气流从衣领渗透进去。有一洼浊水，大概是古井的遗迹，既不是沼泽也不是池塘，上面浮着青绿色的水草。我们在水边坐下来，闻着湿漉漉的泥土的味道，极其随意地伸出双脚，却听见不知从何处传来的清幽微妙的奏乐声。

"这是什么声音？"

我细心地倾听。

"姐姐在弹钢琴。"

"什么叫钢琴？"

"姐姐说有点像风琴。每天都有洋人来西洋馆教姐姐弹琴。"

信一指了指西洋馆二楼。从挂着肉色窗帘的窗户里面不停地流淌出这种不可思议的声音……时而如妖精在森林深处笑声的回响，时而如童话里的侏儒们起舞，成千上万想象的五彩细线在我幼小的脑子里交织成微妙的梦幻——这不可思议的声音仿佛是在这古老沼泽的水底奏鸣。

当音乐停止的时候，我心中依然拖曳着 ecstasy（欣喜若狂）的余韵，久久未能消失，目不转睛地注视着二楼的窗户，渴望着洋人或者小姐姐会不会从窗户里面探出头来呢。

108

"阿信，你不上去玩吗？"

"啊，妈妈说不许我胡来，怎么也不肯让我上去。有一次我悄悄上去，可是上面锁着门，进不去。"

信一也和我一样，怀着好奇的眼光望着二楼。

"少爷，我们三个人玩点什么吧？"

身后传来一个人的声音，接着有人跑过来。他也是有马学校的学生，比我们大一两岁，我不知道他的名字，但知道他几乎每天都欺负比他小的学生，是有名的"山大王"，所以记得他的长相。这家伙怎么会跑到这里来？我心里纳闷，默不作声地观察，只见信一"仙吉，仙吉"地直呼其名，他却一口一声"少爷、少爷"地讨好信一。后来听说他是塙家马夫的儿子，不过当时我不由得用马戏团美女驯兽师的眼光来看待信一。

"那我们三个人玩警察抓小偷的游戏吧。我和阿荣当警察，你当小偷。"

"当什么都可以，就是不要像上一次那样对我太粗暴了。少爷用绳子把我绑起来，还用鼻屎抹我脸上……"

听了他们的对话，我都感到吃惊，如女孩子般可爱的信一怎么会把粗莽健硕如熊的仙吉捆绑起来，折磨他呢？我怎么也想象不出来。

于是，我和信一装扮成警察，在池边、树林之间穿来穿去追踪小偷仙吉，虽然我们是两个人，但是他年龄比我们大，总也抓不到。好不容易追到西洋馆后头墙壁角落的小库房里。

我们悄悄交换个眼色，屏息凝神，蹑手蹑脚进入小库房，却不见仙吉的身影，不知他藏在何处。昏暗的库房里弥漫着呛人的米糠酱、酱油桶的陈旧臭味，潮虫爬来爬去，天花板的角落和酱油桶四周结满蜘蛛网，仿佛都会诱发孩子们产生一种有趣的恶作剧的兴趣。这时，忽然听到咻咻的窃笑声，吊在梁上的用心笼①发出嘎吱嘎吱的响声，仙吉"哇"的一声探出脑袋。

"喂，下来！不下来，就对你不客气了！"

信一大吼一声，我也打算用笤帚戳他的脸。

"来啊！谁要过来，我就对谁撒尿。"

仙吉在用心笼上做出撒尿的样子，信一转到用心笼的正下方，顺手操起竹竿从笼眼向仙吉的屁股、脚掌等乱捅一气。

"喂，你还不下来吗？"

"啊，痛！痛！我马上下去，对不起，对不起。"

仙吉一边叫唤一边道歉，忍着关节的疼痛下来。一下来，信一就一把揪住他的前胸，开始胡说八道地审讯："说！在哪里偷了什么东西？坦白！"

仙吉也跟着胡说八道地交代，说是在白木屋②偷了五反③的

---

①用心笼，发生火灾时，将家财等装在里面搬走的大篮子。
②白木屋，江户时期三大吴服（和服绸缎）店之一，当时日本最大的百货店之一。
③反，布匹长度单位，一反约为2.7丈。一般一反布料可做一套和服。

和服布料，在人字边①偷了鲣鱼干，在日本银行骗了钱，一副扬扬得意的样子。

"嗯，这样啊。真恬不知耻！还干了什么坏事？杀人了吗？"

"是的。在熊谷河堤杀了按摩师，抢走装有五十两钱的钱包。拿这笔钱去吉原②花掉了。"

我听他们的对话，感觉有点像"小戏"③或者拉洋片里的情节，问答机智，随机应变。

"还杀过什么人？好，不说是吗？那就上刑！"

"就这一个，饶了我吧。"

信一根本不听仙吉的合掌求饶，麻利地解下他脏兮兮的浅黄色绉绸兵儿带④，把他反手捆上，再将他的脚脖子捆住，然后又是将他的头发扯出来，又是揪他的脸颊，又是把他的眼皮翻上去露出眼白，又是抓着他的耳朵、嘴唇使劲抖动，信一用他如戏剧舞台上少年演员、雏妓那样鲜嫩柔软的青白手指轻巧灵活地转动着，尽情玩弄仙吉脸上那粗糙、黑丑、肥胖的肌肉，像玩皮筋似的拉伸收缩。玩腻以后，他说："等着等着，你是罪犯，要给你的额头刺字。"

---

①位于东京日本桥的鲣鱼干专卖店，1699年伊势屋伊兵卫创业，用"伊"的单人旁"亻"作为商号，俗称"人字边"店。经营至今，是日本最古老的店铺之一。

②吉原，江户时代著名的花街。

③小戏，歌舞伎中格调低俗的三流短戏。

④兵儿带，男性、小孩系的整幅布做的腰带。明治时期尤为普遍。

说罢，他从炭袋里拿出一块佐仓炭①，吐一口唾沫，涂在仙吉的额头。仙吉的脸被涂画得一塌糊涂，脸形歪曲变形，不像人样，哭了起来，最后失去任何信心，只好任凭信一摆布。这个平时在学校耀武扬威欺负学生的山大王，完全变成另外一个人。那张脸被信一画得像妖魔鬼怪一样丑陋难看，顿时一种从未有过的不可思议的快感袭上我的心头。但是，我害怕他明天可能在学校对我报复，所以没有和信一一起耍弄他。

　　过了一会儿，仙吉的腰带被解开了，他满怀憎恨地斜眼瞪着信一的脸，有气无力地趴在那儿，一动不动。我们拽着胳膊把他拉起来，他又扑通一声倒下去。我们有点担心，站在他旁边，默默地观察他的情形。

　　"喂，你怎么回事？"

　　信一凶巴巴地抓住他的衣领，让他的脸朝上，只见仙吉哭丧着脸，用袖子擦着脸上污脏的东西，差不多擦掉一半的时候，见他可笑的样子，三个人不约而同地"啊哈哈哈"大笑起来。

　　"现在我们到外面玩吧。"

　　"少爷，您别对我粗暴了。您瞧，留下这么深的斑痕。"

　　仙吉的手腕等处的确留下发红的被捆绑的斑痕。

　　信一说道："这回我装扮成狼，你们两个装扮成旅人，随后

①佐仓炭，千叶佐仓地区的麻栎树木炭，主要用于茶道的高级木炭。

112

你们两个都被狼吃掉。"

我心里有点害怕，但仙吉说道："好，玩吧。"

仙吉这么一说，我也不好拒绝。于是我们就把小库房当作寺院的房间，旅人在这里借宿，半夜里，信一装扮的狼来了，在门外不停地吼叫。最后狼破门而入，匍匐爬行进来，发出像狗一样又像牛一样的奇怪的咆哮声，追赶到处奔跑逃命的两个旅人。信一玩得太认真，我心里害怕，担心被他抓住以后会受到怎么样的虐待，脸上露出一种忐忑不安的微笑，拼命在炭袋上、草席背后逃来逃去。

"喂，仙吉，你的脚已经被咬住了，你走不动了。"

狼把其中一个旅人逼到角落里，整个身子扑上去，到处啃咬，仙吉表演得十分逼真，装出痛苦的表情，眼凸嘴歪，用各种动作表现难忍的惨痛，最后喉咙被咬断的时候，发出临死的悲鸣，手脚不停地颤抖，手指哆嗦着在空中抓握，扑通一声倒在地上。

现在轮到我了，我心慌意乱，急忙跳上木桶，却被狼咬住衣服下摆，使劲地把我往下拉。我脸色煞白，竭力抓住木桶，但还是被狼嚣张的气势所慑服，心想"啊……完蛋了"，无奈地闭上眼睛。接着，我被拖下来，仰身倒在土间里，信一如疾风暴雨般扑上来，压在我的脖颈上，咬断我的喉咙。

"你们俩都死了，所以不论我做什么，你们都不能动。现在我就要啃你们的骨头了。"

信一这么一说，我们两人都张开手脚躺在土间里，不敢动弹，突然觉得身体各处都发痒，有一股冷风从和服的下摆嗖嗖地灌进来，直至胯间，我伸出去的右手尖似乎略微触碰到仙吉的头发。

"这家伙肥胖，大概味道好，我先吃他。"

信一满脸愉快地爬到仙吉的身上。

仙吉眼睛半睁，小声恳求道："您别太残忍了。"

"不会的。但是你的身子要是动了，那可不好说。"

信一故意大声地咂巴咂巴舌头，从头到脸，从上身到肚子，从双手到屁股、小腿，狼吞虎咽地啃咬一通，沾满泥土的草履随心所欲地踩踏在仙吉的脸上、胸上，又弄得他全身是土。

"现在开始吃屁股了。"

仙吉趴在地上，我以为他只是撅起屁股就行了，没想到下半身赤裸，像并排的两瓣蘑头，掀上去的和服下摆整个盖住仙吉的脑袋。信一跳上他的后背，又开始咔哧咔哧地胡嚼乱啃，无论信一做什么，仙吉只能一动不动地忍受，他的屁股冷得起鸡皮疙瘩，像魔芋般颤动。

一想到我的身体也会遭到这样的踩躏，不由得心脏狂跳，难道自己也会和仙吉一样被糟蹋成这个样子？一会儿，信一就跨在我胸上，先从鼻头吃起。我的耳朵听到甲斐绸和服短褂的里子发出的窸窸窣窣的摩擦声，我的鼻子闻到和服散发出来的樟脑香味，我的脸颊接触到纺绸布料轻柔地抚摩，我的胸口和腹部感受到信一温暖的体重，温润的嘴唇和柔滑的舌尖舔得我浑身发痒。这种奇怪的感觉迷惑我，打消了我恐惧的心理，征服了我的心，最后甚至体验到一种快感。我的脸，从左边的鬓角到右边的脸颊都被他用力踩踏，他草履鞋底的泥土也沾在我的鼻子和嘴唇上，我都感觉十分愉快，不知不觉间我高兴地发现自己的心灵和身体已经成为信一的傀儡。

最后我也趴在地上，下半身赤裸，信一啃咬我的屁股。他看着裸露屁股的两具死骸并排趴在土间里的情景，大概觉得好玩，便笑了起来。然而，没有想到，那个女用人突然出现在门口，我和仙吉都大吃一惊，连忙站起来。

"哎呀，少爷，您在这儿啊？瞧您的衣服都成什么样子了，您玩什么呢？怎么老是在这样脏的地方玩耍呢？阿仙，都是你不好，真是的。"

女用人眼露凶光，一边申斥，一边耐人寻味地看着仙吉脸上残留着的泥巴脚印。我脸上也留着被信一踩踏的痕迹，强忍着疼痛，伫立不动，好像自己做了什么天大的坏事一样的感觉。

"洗澡水烧好了，玩得差不多了，赶紧进屋里去吧。不然的话，妈妈会不高兴的。萩原少爷也一起来吧。已经很晚了，我送您回家。"

女用人也对我表示亲切，但是我谢绝了她的好意："不用送，我自己能回去。"

我在门口对他们三个人说："再见。"

出了门外，只见大街笼罩着一片青色的夕雾，河边道路上街灯闪烁。我觉得自己从一个可怕的奇异王国一下子回到现实的人间世界。回家的路上，回想着今天发生的事情。信一高雅的气质和俊美的容貌，还有他不把别人放在眼里的为所欲为的恶劣行径，今天一下子就把我迷住了。

第二天，上学一看，昨天遭受信一无情虐待的仙吉依然和平时一样，还是一个山大王，欺凌弱小的同学；而信一也还是老样子，和女用人一起畏缩地坐在操场的角落里，显得有气无力的没出息的样子，一副可怜相。

我随意打个招呼："阿信，不玩点什么吗？"

他皱着眉头，满脸不悦的表情，使劲摇头："嗯。"

过了四五天，一天放学正准备回家的时候，信一的女用人叫住了我："今天小姐过女儿节，摆了人偶，您来玩吧。"

那天是从正面的侧门向门卫打招呼后进去的，打开正门玄关旁边的细格子门，仙吉立即跳出来，沿着走廊，把我领到正当中二楼的十叠的房间里。信一和姐姐光子趴在摆放人偶台前面，吃着炒豆。见我们进去，突然嘿嘿笑起来，感觉正在策划什么拿人开心的游戏。

"少爷，有什么好笑的事吗？"

仙吉脸色不安地看着姐弟俩。

阶梯式的人偶台上铺着猩红色的呢绒布，耸立着浅草寺观音堂那样的紫宸殿屋脊，殿上摆列着"内里样"①"五人囃子"②，还有宫女的人偶。"左近之樱"③和"右近之橘"④的下面，是三个酒鬼⑤的杂役在温酒。下面一层则摆放烛台、食案、盛铁浆⑥的容器、蔓藤纹泥金画漆器等，各种物品搭配十分可爱。之前在姐姐房间看过的各种人偶也都摆放在一起。

我站在人偶台前面，仔细端详，看得入迷。信一从背后走上来，耳语道："现在用白酒把仙吉灌醉。"

接着，他走到仙吉身边，若无其事地说道："喂，仙吉，四个人一起喝酒，好吗？"

然后，四个人围成一圈，用炒豆做下酒菜，开始喝起来。

"真是好酒啊。"

仙吉学着大人的口吻说道，给大家逗乐，他使用拿酒盅的手势端着茶碗，咕嘟咕嘟大口灌酒。我心想他很快就会醉倒的，觉得可笑，而一旁的光子时常忍不住捧腹大笑。不过，在仙吉醉意上来的时候，我们三个本来只是做做样子品尝一点儿，竟

---

①内里样，模仿天皇、皇后的人偶。

②五人囃子，摆放在第三层台上，五个演奏能乐的人偶，分别手持扇子唱谣曲、吹笛子、击小手鼓、击大手鼓、打太鼓。也有摆放"五人雅乐"的人偶。

③左近之樱，面对紫宸殿正面、台阶左侧的樱花。又称南殿之樱。

④右近之橘，面对紫宸殿正面、台阶右侧的橘子树。

⑤三个酒鬼，分别做出怒、笑、哭的表情。与左近之樱、右近之橘摆在同一层。

⑥铁浆，江户时代女子风俗，将牙齿染成黑褐色，为已婚女性的标志。

然也不知不觉有点不正常，热乎乎的酒在小肚子里咕噜咕噜翻腾，额头到两边的太阳穴细汗津津，头盖骨周围也有点发麻，榻榻米就像船底般上下左右摇晃。

"少爷，我醉了。大家也都满脸通红。要不大家站起来走一走。"

仙吉站起，在客厅里大摇大摆走起来，可是脚步不稳，一个趔趄，摔倒下去的时候，脑袋瓜扑通一声撞在壁龛的柱子上，惹得另外三人大笑起来。

"啊，好疼，好疼……"

仙吉抚摩脑袋，皱着眉头，他自己也觉得可笑，嘿嘿嘿傻笑起来。

接着，三个人也和仙吉一样，站起来行走，结果走两步倒下来，倒下来就傻笑，嘎嘎嘎嘎，混闹成一团。

"哦哦，啊，好痛快! 我可醉了。浑球! "

仙吉把和服下摆撩起来，掖在腰间，做出一副袖手端肩、威风招摇的二流子模样。信一和我，最后连光子也跟着把和服下摆掖在腰间，抱拳在胸前，端起肩膀，完全一副孃吉三①的模样。

"浑球! 我醉了! "

四个人在客厅里排队踉踉跄跄地走着，笑个不停。

① 孃吉三，河竹默阿弥创作的歌舞伎《三人吉三廓初买》中的三个主人公之一，男扮女装的盗贼。

仙吉突然出其不意地提出一个有趣的主意:"啊,少爷。玩不玩狐狸游戏?"

故事情节是这样的:我和仙吉扮演两个乡下人出去捕捉狐狸,没想到反而上了变成美女的狐狸的当,受尽种种欺负,吃够苦头。这时,信一扮演的武士刚好经过,救了两个乡下人,把狐狸抓住。醉意未消的三人一听这个建议,立即表示赞成,开始游戏。

首先是我和仙吉还是把和服下摆掖到腰间,额上缠头巾,正面打结,每个人手里拿一把掸子,一边说着"好像这一带总有狐狸作祟,今天一定要抓住它"的台词,一边上场。

这时,光子装扮的狐狸出来,说道:"哎呀呀,今天我请你们两人吃饭,一起跟我来啊。"

说着,拍了拍我们的肩膀。

我们马上就被狐狸迷住了,眯缝着眼睛说道:"好啊,这么漂亮的大美人啊。"

"你们被迷惑了,就把这些当作粪便吃下去吧。"

光子觉得非常有意思,忍不住咯咯咯笑起来,她用嘴撕下一块豆馅饼,吐在地上,用脚踩得稀巴烂,说这是荞麦馒头;还用鼻涕搅拌炒豆,把这些恶心的东西放在盘子里,摆在我们面前。还把痰和唾沫吐在白酒里,说道:"这是尿酒。——你们喝了吧!"

"好吃！好——好吃，好——好吃！"

我们一边咂着嘴，一边装出好吃的样子，把所有的东西都吃光。白酒和炒豆有一种怪怪的咸味。

"现在我弹三味线，你们把盘子顶在头上跳舞。"

光子用掸子代替三味线弹奏，嘴里咿呀咿呀地唱起来。我们两人把点心盘顶在头上，"呼儿嗨哟……"地踩着节拍跳起来。

这时候，信一扮演的武士出现，立即识破女子的狐狸原形。

"明明是野兽，却来欺骗人，实在可恶。我要抓住你，把你杀掉。"

"哎呀，阿信，你要是乱来，我可不答应。"

好强倔强的光子可不理这一套，她和信一扭打起来，暴露出疯丫头的本性，绝不轻易投降。

"仙吉，把你的腰带借给我，我要把这狐狸捆起来。你们两个人摁住这家伙的双脚，别让她胡闹。"

我想起来前些日子看过的草双纸里，有一幅画着旗本①的年轻武士，帮助伙伴协力掠夺美女的插图，于是和仙吉一起从友禅绸下摆上使劲抱住光子的两只脚，信一总算把她反绑起来，捆在檐廊的栏杆上。

"阿荣，把这家伙的腰带解下来，捆住嘴。"

①旗本，江户时代，直属于将军的家臣。

"好的，我来。"

我绕到光子身后，解开她的姜黄色绉纱腰带，为了不把刚刚梳好的唐人髻弄乱，我把手伸进发际修长的后颈部，从油腻腻的左右突出的鬓角下面经过耳朵到下巴绕两圈，使劲捆绑，绉绸紧紧勒在她丰满的脸颊上。光子就像《金阁寺》的雪姬^①那样，痛苦难忍。

"好吧，这会让你尝尝粪便的味道。"

信一随手拿起年糕饼，含在嘴里，呸呸呸地吐在光子的脸上，一张美如雪姬的漂亮脸蛋很快留下麻风病、皮肤病那样的疔疮，不忍多看一眼。但我和仙吉都觉得有趣，也加入进去。

"这浑蛋，刚才还逼着我们吃脏东西呢。"

我们也和信一一起往她脸上呸呸呸地吐东西，这还不够，最后我们在光子的额头、脸颊、所有地方都抹上撕碎的年糕饼，按上豆沙馅，贴上包子皮，她的整张脸一塌糊涂，污秽不堪。像一个眼鼻模糊的黑黢黢的大扁脸妖精，却梳着唐人髻、穿着浓艳华丽的宽袖和服，仿佛是从《百物语》^②或者《化物合战记》^③中跳出来的妖怪。而光子，既不反抗，也不挣扎，无论我

①歌舞伎《金阁寺》中的一个场面，描述雪姬被绑在樱花树上，在大雪纷飞之中，身子一动不动，用脚将吹落的樱花瓣收集在一起，用脚尖画出老鼠。老鼠变活，将绳子咬断，雪姬追赶丈夫而去。
②《百物语》，记录传统怪谈（鬼怪）故事的书籍。比较著名的有《诸国百物语》《御伽百物语》《太平百物语》等，称为"怪谈文学"。始于室町时代，盛行于江户时代。
③《化物合战记》，富川吟雪的画册《化物合战记——妖相生盏》，意为妖怪大战记。1774年出版。

们怎么折腾，就像死去一样老老实实。

"这次饶你一命，下一次要是再变成人，就杀了你。"

信一把她嘴上的布条和身上的腰带解开。光子忽地站起来，走出隔扇，从走廊上啪嗒啪嗒逃走了。

"少爷，小姐生气了，会去告状吧？"

仙吉觉得干了一件大坏事，担心地看着我的脸。

"说什么呢？有什么了不起的。一个女孩子，狂妄自大，我每天都和她吵架，教训她一通。"

信一装出一副不屑把对方放在眼里、趾高气扬的样子。这时，隔扇徐徐拉开，光子把脸洗得干干净净后回来了。脸上的脏东西，连同化妆的白粉统统洗掉，更显得她清新优雅，肌肤光鲜亮丽，晶莹白嫩，熠熠生辉。

我想恐怕又要开始一场争吵，没想到光子面带微笑，口气温柔地抱怨道："我怕被人看见，那多难看啊，所以就悄悄去浴室洗了洗。——你们也真是太粗野了，太不应该了。"

信一见此，越发来劲，说道："这回我是人，你们装狗，我把点心什么的扔给你们，你们都趴着吃。怎么样？"

"好，来吧。——我是狗，汪汪……"

仙吉立马趴在地上，在客厅里起劲地爬来爬去。我跟在他后面。光子也不知道怎么想的，说道"我是母狗"，加到我和仙吉之间一起爬。

"哦……吃……等着……"

三个人随意开始表演各种动作。

"好……"信一一开口，我们都争先恐后地扑向食物。

"啊，对了，我有一个好主意。你们等着……"

信一走出客厅，一会儿牵来两只穿着淡红色绉绸坎肩的真狗，加入我们的行列，把吃剩的豆馅点心、沾着鼻屎唾液的馒头扔在榻榻米上。我们这些狗和真正的巴儿狗都一起扑上去，张嘴龇牙伸舌，互相争抢一个点心，还互相舔着对方的鼻头。

巴儿狗吃完点心以后，开始舔信一的手指和脚心。我们三人也毫不逊色，学着巴儿狗的样子。

"啊，痒！痒！"

信一坐在栏杆上，将一对白皙柔软的脚掌交换着伸到我们的鼻头前面。

"人的脚的味道又咸又酸。漂亮的人，连脚指甲的形状都是漂亮的。"我一边想着，一边使劲吮吸着五根脚趾。

巴儿狗开始嬉闹起来，一会儿仰面朝天，四肢乱动，一会儿咬着和服的下摆往下拉。信一饶有兴趣地用脚抚摩它们的脸、搓揉它们的肚子，和它们玩耍。我也学着巴儿狗的样子，用嘴叼着信一的和服下摆往下拉，他也像对待巴儿狗那样，用脚踩着我的脸颊、抚摩我的额头，但是，脚后跟踩在我眼珠上的时候，脚心堵塞我的嘴巴的时候，感觉有点疼。

那天玩到傍晚才回家，第二天开始，我几乎每天都要去搞家，恨不得早点下课，不论白天黑夜，信一和光子的身影总是萦绕在自己的脑海里，挥之不去。随着我和他们的关系越来越亲密，信一更加肆无忌惮起来，我也和仙吉一样，完全被他驯服，成为彻头彻尾的走狗。只要做游戏，我肯定要被捆绑，肯定挨打。奇怪的是，那个倔强的姐姐，自从玩过狐狸游戏以后，对信一已经完全服服帖帖，甚至对我和仙吉也不敢违抗，时不时到我们三人身旁，问道"玩不玩狐狸游戏？"，甚至反而露出一种很享受受虐快乐的神态。

信一每到星期天都要去浅草和人形町的玩具店买铠刀，迫不及待地挥舞起来，结果我们三人身上的伤疤就从来没有消退过。能玩的游戏差不多都玩过了，没有新花样，于是在小库房、浴室、后院，想方设法玩各种粗暴的游戏，津津有味。例如，我和仙吉谋财害命，杀死光子，信一则为姐姐报仇，把我们杀死，砍下头颅；还有信一和我装扮成恶棍，毒死千金小姐光子及其随从仙吉，抛尸河里，其中光子总是分配她扮演最惨无人道的角色。被杀的人浑身涂满红色的颜料，鲜血淋漓的模样。有时候信一拿出真正的小刀，说道："用这个刀割一点儿皮肤好不好？就一丁点儿，不会很疼的。"

于是，三个人都顺从地被他摁倒在脚边，"可不能割太深了"，仿佛做手术一样，极力忍耐，恐惧地望着从肩膀、膝盖的伤口流出来的血丝，眼里满含着泪水。我每天晚上回到家里，和母亲一起洗澡的时候，想尽一切办法不让母亲发现我身上的伤痕。

这样的游戏大约持续了一个月。一天，我照例去埔家，信一去牙科医院看病，就仙吉一个人闲极无聊地待着。

"阿光呢？"

"在练琴呢。去小姐的那个西洋馆看看好吗？"

仙吉领着我朝那棵大树下的池水方向走去。突然间，我把仙吉的一切都忘在脑后，坐在那棵岁月沧桑的榉树的树根上，倾听着从二楼窗户流泻出来的乐曲的声音，心驰神往。

我第一次来到这座宅邸的时候，和信一一起走到这池边上，所听到的这种不可思议的乐声……时而如妖精在森林深处笑声的回响，时而如童话里的侏儒们起舞，成千上万想象的五彩细线在我幼小的脑子里交织成微妙的梦幻。今天，我又听到从二楼窗户流淌出来的和上一次同样的乐声。

乐声停止的时候，我难以抑制满心的好奇，问道："阿仙，你也从来没有上去过吧？"

"啊，除了小姐和打扫卫生的阿寅外，一般人是不能上去的。连少爷也没上去过。"

"那房间里面是什么样子呢？"

"听说好像有很多老爷出国买回来的各种珍奇的东西。我曾经请求阿寅让我偷偷看看，但是他坚决不肯。——练琴已经结束了，阿荣，你叫她一声好吗？"

我们两人一起大声喊起来：

"阿光，出来玩吗？"

"小姐，出来玩吗？"

但是，二楼无声无息，没有反应。我奇怪刚才听到的乐曲声是从没有人的房间里，钢琴自动发出来的微妙的声音吗？

"没办法，我们俩玩吧。"

我和仙吉两个人，没有了平时那样的疯闹劲儿，都觉得没意思。就在这时，身后响起一阵咯咯的笑声，光子不知什么时候站在我们后面。

我回头责备的目光看着她："刚才我们叫你了，怎么没回答啊？"

"你在哪里叫我的？"

"你在西洋馆练琴的时候，我们在下面叫你的，你没听见吗？"

"我今天没在西洋馆啊。那儿谁也上不去。"

"可你刚才不是弹钢琴了吗？"

"没有啊。会不会别的什么人？"

仙吉一直带着狐疑的神色，说道："小姐，我知道您在撒谎。这样吧，您把我和阿荣悄悄带上去好不好？您还在顽固不化继续撒谎，不坦白交代的话，就有您好看的……"

仙吉不怀好意地嘿嘿笑着，一下子把光子的手腕抓住，要往上拧。

"哎哟，仙吉，疼死我了，饶了我吧。我真没有撒谎。"

光子做出央求的姿态，但是她既没有大声叫喊，也没有逃跑的意思，只是被仙吉拧着手腕，一副痛苦的样子。纤细柔软的手腕被如铁刚硬的手指紧紧拧握着。两个少年截然不同脸色的对照，让我心醉神迷。

"阿光，你要是不坦白，就给你上刑。"

我也把她的另一只手拧上去，解下腰带，把她捆绑在池边橡树的树干上。

"你这还不坦白？你这还不坦白？"

我们两人继续又抓又挠，不停地折磨她。

"小姐，待一会儿少爷回来，你就更要受罪了。趁着现在赶紧坦白吧。"仙吉一把抓住光子的前襟，双手猛然掐住她的喉咙，"怎么样？感觉痛苦了吧。"

他笑着看光子翻白眼，但还是把她从树上解下来，光子仰面倒在地上。

"嗬，这可是肉椅子。"

我坐在她的膝盖上，仙吉坐在她的脸上，使劲摇晃碾压，还用屁股压着她的身子。

仙吉的屁股塞在光子的嘴里，她上气不接下气地用细弱的声音说道："仙吉，好了，我坦白，饶了我吧。"

仙吉稍微抬起屁股，减缓强度，问道："不这样，你就不坦白。你刚才是在西洋馆里吗？"

"嗯，我想你们大概又会让我带你们上去，所以才撒的谎。我不能带你们上去，会挨妈妈的骂。"

听她这么一说，仙吉瞪起眼睛威胁道："那好，不带我上去，你可又要遭罪了。"

"好了好了，让你上去总可以了吧。我都答应了，就别让我受苦了。可是，白天不行，会被发现的，晚上才能去。我从寅造的房间里把钥匙拿出来给你开门。阿荣要是也想去的话，晚上来玩吧。"

光子终于屈服了，但我们两人还是把她摁在地上，商量今晚的行动计划。这天正好是四月五日，我向家里谎称去参加水天宫的庙会，溜出来。然后天一擦黑，就悄悄来到西洋馆的玄关前面，等着光子从寅造的房间里把钥匙偷出来后和仙吉一同过来。我们还约定，如果我来晚了，他们就先进去，在二楼楼梯顶层右边的第二个房间等我。

仙吉终于放开手："好了，就这么定了。这次饶了你，起来吧。"

"啊，好遭罪啊。仙吉坐在我腰上，我气都喘不上来。头下面还有一块大石子，疼死我了。"

光子爬起来，掸掉身上的尘土，搓揉着浑身关节，脸颊通红，两眼充血。

我打算先回家一趟，临走时问光子："二楼上都有什么东西啊？"

"阿荣，到时候你别大惊小怪的，宝贝可多了。"

光子笑着跑到里面去。

我走出门外，人形町街道的露天小摊上已经点燃了煤油灯，招揽观看击剑表演的海螺号呜呜的鸣叫声响彻黄昏薄暮的天空，有马屋敷①前人山人海，卖药的指着能看见胎内器官的人偶，大声吆喝着什么。连我平日爱看的七十五座神乐②、永井兵助的"拔刀法"也毫无兴趣，一心只想着急急忙忙回家洗澡吃饭。

"我去庙会玩。"

将近七点，我心急火燎地出了家门。蓝色天空下，水一般湿漉漉的空气融化在庙会的灯光里，把金清楼二楼筵席厅手舞足蹈的人们的影子映照得清清楚楚，米屋町③的小伙子、二丁目矢场④的女人，各色男女络绎不绝，现在正是人最多的时候。

---

①有马屋敷，此处指水天宫神社。水天宫于庆安三年（1650）建在久留米藩藩主有马忠赖的宅邸里，文政元年（1818）第九代藩主在江户建立水天宫分社。明治五年（1872），迁到日本桥蛎壳町。水天宫在有马宅邸里，故称为"有马屋敷"。
②"座"，指的是计算神乐的曲目。七十五座神乐，秩父神社的神乐曲目多达七十五座（首），后来只剩下三十五座，为国家重要无形风俗文化遗产。此外还有比这个更少的曲目。
③米屋町，日本桥蛎壳町为大米批发中心。亦用来代指蛎壳町。
④矢场，经营射箭游戏的场所。但其中安排将射出的箭集中捡起来的女人（矢拾女），有的实为暗娼。

我走过中之桥，从黑暗荒寂的浜町回头看去，微阴的黑色天空浸染出朦胧的暗红。

我不知不觉间走到墙家的门前，仰望那高高耸立的黑乎乎的屋脊。从大桥那边吹来的寒风砭人肌骨，带来悲凉冷清的黑暗，大榉树的叶子在空中沙沙作响。我悄然望了一眼墙内，只见门房的灯光从门缝中漏出一丝细长的光线。正堂的防雨窗紧闭，在阴沉沉的天底下如魔鬼的安眠。我在黑暗中双手将正门旁边的便门冰冷的铁格子推开，沉重的铁门吱嘎一声顺利打开。我蹑手蹑脚，不让脚上的竹皮草履发出声响，感觉到自己急促的呼吸声和心脏剧烈的跳动，注视着在黑暗中闪烁的西洋馆的玻璃窗走上前去。

我的眼睛逐渐看清周围的东西，八角金盘的叶子、榉树的枝干、春日灯笼①，以及让少年的心感到恐惧的各种黑乎乎的东西暴戾地闯进我的小小眼珠里。于是，我在花岗岩台阶上坐下来，寒气逼人的夜色浸透中，无精打采、屏息凝神地低头等待，可是他们一直没来。恐惧感从头顶挤压下来，我浑身战栗，牙齿咯咯地哆嗦打战。啊，要是不来这恐怖瘆人的鬼地方，那该多好！我不由自主地合掌念叨："神啊，我做了坏事。我再不会对母亲撒谎，偷偷进入别人家里了。"

---

①春日灯笼，源于春日大社的石灯笼。六棱柱形，雕刻有雌雄鹿、云状日月等。

我非常后悔，站起来决定回家，可就在这个时候，玄关的玻璃隔扇里面亮起一点儿像是蜡烛的亮光。

"哦，难道他们已经先进去了吗？"

我这么一想，立即又被好奇心俘虏，不假思索地握住门把手，一转动，门毫不费事地打开了。

我走进去，如我预想的那样，正面旋梯的入口处——大概是光子特地为我放置的吧。烛台上插着的蜡烛将要燃尽，蜡泪黏糊糊地滴流下来，在三尺见方的空间摇曳着捉摸不定的亮光。外面的空气随着我流进来，火焰摇晃跳动，忽明忽暗，涂着清漆的栏杆的影子在烛光中抖动弹跳。

我屏住呼吸，像小偷一样轻手轻脚地走上旋梯，二楼的走廊越发黑暗，好像没人的样子，寂静无声。原先说好的右边第二扇房门——我暗中摸索着走到跟前，侧耳倾听，里面也毫无声息。我半是恐惧半是好奇的心理，反正已经到这里了，便把上半身靠在门扉上，肩膀用力一顶。

明晃晃的灯光一下子刺进我的瞳孔，眼花缭乱，不由得眨了眨眼睛，然后像定睛辨认妖怪真相一样仔细巡视四周，却不见一个人影。正中间从天花板上垂下来五彩棱镜装饰的、紫红色伞状大吊灯，它的影子在房间的上半部形成一片薄薄的暗影。镶金镀银的桌椅、镜子等所有的装饰物都放射出璀璨绚丽的光芒。地板上铺着的暗红色的地毯，我穿着布袜的脚踩上去，柔软得如同踩在春草原野上的感觉，传递着喜悦的心情。

我本想喊一声"阿光！"，但周围死一般的沉寂压迫我的嘴唇，使我舌头僵直，失去发声的勇气。我起先没有发现，房间左边的角落有一条通往隔壁房间的通道，垂挂着厚实沉重的、层层折叠的缎子帷幔，令人想起尼亚加拉瀑布的感觉。我想掀开它，窥探一下隔壁房间的究竟，但缎子帷幔里面一片漆黑，吓得我把手缩回来。这时，我忽然注意到壁炉台上的闹钟发出"咝咝……"蝉鸣一般的细微的声音，接着出其不意地开始演奏铿锵响亮的奇妙的音乐。我想，听到这个音乐的暗号，光子会不会就出现呢？于是，目不转睛地盯着帷幔，两三分钟后音乐停止，房间恢复原先的静寂，缎子帷幔上的层层皱纹一动不动，冷寂无声。

我茫然呆立，目光落到左边墙壁上悬挂的肖像油画上，恍恍惚惚走到画框前，仰望在吊灯黑影里显得微暗的这个西方少女的半身像。镀金的厚重画框，长方形的画面上，飘溢着浓重黑暗的茶褐色气氛。浅蓝色的衣服勉强遮蔽她的胸脯，裸露的肩膀和手臂上装饰着黄金和珠宝的圆环，梳着辫子，眸若星灿，带着梦幻般的眼神，黑邃晶莹，注视着前方。微暗中浮现出来的鲜艳明晰的洁白肌肤、优雅端庄的鼻子到嘴唇、下巴、两颊的完美俊俏、典雅秀丽的轮廓——简直就是童话里的天使，看得我心旌摇曳。

这时，我看见画框下面大约三尺处靠墙的一张圆桌上放着蛇的摆设物，这又有什么用意呢？蛇盘成两圈，仰起蕨菜般的脑袋，滑溜溜的鳞片的颜色，几可乱真。我越看越激动，感觉它真的会动起来。我忽然产生一种蹊跷的感觉，退后两三步，睁大眼睛观察。可能是心理作用吧，蛇好像真的开始动起来。爬虫动物的动作一般极其缓慢，慢悠悠的，不注意观察几乎看不出来，我的确看见它的脑袋前后左右地扭动。我仿佛被泼了一盆冷水，不寒而栗，脸色苍白，吓得不敢动。就在这时，一张和油画上一模一样脸蛋的少女忽然从缎子帷幔后面闪了出来。

那张脸满含微笑，过了好一会儿，缎子帷幔两边分开，咻溜溜从她的肩膀滑落到背部，落在地上，一个女子站立在那里。

勉强遮住膝盖的浅蓝色衣襟，下面没穿短布袜，石膏般干净洁白的裸足套着肉色的凉鞋，青丝如瀑，披落双肩，手腕上的手镯、脖颈上的饰物都和油画上的一样。她的衣裳紧绷着胸部至腰间的胴体，能看到身体柔软肌肉的微动。

"阿荣。"

她衔着牡丹花瓣般的红唇微微抖动的刹那间，我才意识到画中的女子原来就是光子的肖像。

"……我一直等着你。"

光子一步一步仿佛威逼似的走过来，她身上一种难以言喻的芳香让我心痒难挠，眼前红霞闪烁。

"阿光就你一个人吗？"我的声音似乎在求救，胆怯地问道。

为什么她偏偏在今晚穿着西服？漆黑的隔壁房间里都有些什么？我想打听的问题还有很多，但喉咙堵塞，一时说不出话来。

"我带你去见仙吉，跟我来。"

光子握住我的手。

我的手颤抖起来，无法忍受害怕恐惧的心情，问道："那蛇真的会动吗？"

光子哧哧地笑起来："怎么会动呢？你再看看。"

我回头一看，刚才感觉会动的蛇果然依旧盘在那里，纹丝不动。

"别看那样的东西，和我一起上这儿来。"

光子温暖柔嫩的手心，具有不可抗拒的魔力，轻轻地握住我的手腕，拖着我朝着令人毛骨悚然的房间走去。当两人的身子被厚重的缎子帷幔吞进去以后，我们很快就进入一间黑漆漆的房间。

"阿荣，你先见一见仙吉吧。"

"啊，在哪里呢？"

"你稍等，我点上蜡烛，你就会看见的。——不过，还是先让你看一个有趣的东西吧。"

光子放开我的手，不知道消失到哪里，接着房间正面的黑暗中响起噼里啪啦的可怕的声音，无数青白色的光丝在空中飞舞，如流星飞驰，如波浪起伏，画出形形色色的圆形和十字形。

"你看，有意思吧？它什么都能画出来。"

光子说着，似乎又回到我身边。刚才飞舞的光丝逐渐变淡变少，消失在黑暗里。

"这是什么？"

"这是西洋的火柴，划在墙壁上发出的光。黑暗中，无论划什么东西，都会发光。要不要在阿荣的衣服上划一下试试看啊？"

"算了吧。太危险了。"

我吓得想逃避。

"没事的。你瞧……"

光子顺手拉起我右手腕的和服，用火柴一划，丝绢的布料上立刻出现萤火虫那样青蓝色的光，闪闪发亮，并且清晰地出现"萩原"二字的片假名，好长时间没有消失。

"好了，点上蜡烛，让你见见仙吉吧。"

啪的一声，像是火石撞击的火花一闪，光子手中的蜡烛点燃了，然后把烛台放到房间中间的位置。

烛光中，室内的情景隐约可见，各种各样的器物、摆设的幢幢暗影，如飞扬跋扈的魑魅魍魉，又长又大地投射到四周的墙壁上。

"你瞧，仙吉在这里。"

光子指着烛光下面，我还以为是烛台呢，原来是手脚捆绑、上身赤裸、额头上顶着蜡烛的仙吉仰身坐在那里。熔化的蜡油像鸟粪一样流在他的脸上、头上，缝住双眼，堵塞嘴唇，从下巴滴答滴答落到膝盖上。那根烧到七分多的蜡烛眼看着就要烧焦他的眉毛，但是仙吉还是像婆罗门修行者那样，双手反绑，盘腿而坐，神态端然。

光子和我走到他跟前，仙吉不知道想起什么似的，使劲拧动被蜡泪绷紧的面颊，勉强半睁着眼睛，满心怨恨的神情盯着我，终于发出痛苦、无奈、严肃的声音："喂，你和我平时欺负小姐太过分了，今天晚上小姐要报仇。我已经彻底投降了。你也赶紧认错吧，不然要遭罪的……"

他说话的时候，蜡泪像蚯蚓爬动一样从他的额头滴答滴答流到眼睫毛上。他重新闭上眼睛，凝固不动。

光子露出阴森残忍的笑容，指着摆放在烫金文字的西洋书籍满满排列的书架上的一个石膏像，说道："阿荣，你以后不要再听从阿信的话了，做我的家臣吧。好吗？你要是不愿意的话，就和这个人偶一样，结结实实地捆绑，身上再缠上几条蛇。"

我心惊胆战地抬起头，朝着昏黑的角落看过去，只见立着一尊身上缠着蟒蛇的、肌肉健硕隆起的裸体巨汉的雕像，他的表情异常痛苦扭曲。而雕像旁边，像香炉一样盘蜷着两三条蛇，看得我惊心动魄，竟然分不清是真蛇还是假蛇。

"以后一切都听我的。明白了吗？"

我脸色煞白，默默点了点头。

"你和仙吉把我当作椅子坐，这回要把你当作烛台用。"

光子立即把我反绑起来，让我盘腿坐在仙吉旁边，双脚的脚踝紧紧捆绑，将蜡烛放在额头正当中："抬头！不能让蜡烛掉下来。"

我发不出声来，只是努力顶稳蜡烛，不掉下来，泪水情不自禁地流淌下来，而比泪水更热的蜡泪顺着眉心滴落下来，糊住我的眼睛和嘴。我透过薄薄的眼睑皮肤还能模糊地看见烛光的闪烁，眼球周围罩着一片红霞，光子身上香水浓郁的芬芳如雨水般洒落在我的脸上。

"你们再坚持忍耐一会儿，现在给你们听一个有趣的东西。"

说完以后，她不知道跑到哪里去了。过一会儿，突然从宁静的隔壁房间里传来幽玄的钢琴声，打破周围的寂寞。

如玉盘落珠，如潺潺的溪涧清流滴落青苔，这不可思议的声音仿佛来自另外的世界。额头上蜡烛越烧越短，热汗与蜡泪交融滴落。我斜眼瞟一下身边的仙吉，他的脸上似乎粘着两三分厚的面粉白块，鼓了起来，坐姿仿佛油炸牛蒡似的。我们两个人都像是《神奇的胡琴》①故事里的人物一样，一边侧耳聆听

---

① 《神奇的胡琴》，岩谷小波创作的童话。

137

着美妙的音乐，心醉神迷，一边凝神注视着眼里光明的世界。

　　从第二天开始，我和仙吉一见到光子，就像猫一样乖顺地跪下来。这时恰好信一和姐姐光子顶嘴，不听她的话，于是我们不由分说，也不用光子的任何暗示，就上去把信一捆绑起来。从此以后，狂妄傲慢的信一也逐渐变得老实，成为姐姐的家臣，无论在学校还是在家里都同样对姐姐卑躬屈膝。三个人觉得似乎发现一种新奇的游戏方式，那就是对光子唯命是从。她一说"给我做椅子"，我们都立即趴在地上，弓背等待；她一说"做烟灰缸"，我们都立即恭恭敬敬地张嘴等待。光子的气焰逐渐嚣张，把我们当作奴隶使唤，命令我们给她浴后剪指甲，给她清鼻屎，喝她的 Urine（尿）……我们一直在她身边伺候，光子成为我们这个王国的女王。

　　此后，我再也没有去过西洋馆。那蛇是真是假，至今也无从知道。

有前科的人

一

我是一个有前科的人，还是一个艺术家。当我的厚颜无耻、道德沦丧的事情暴露，即将被送进监狱的时候，那些平生崇拜我的艺术的世间俗人们该是如何吃惊啊。如果犯罪的性质是属于男女关系的话，那多少还会有人同情我；可如果只是单纯的金钱诈骗，怪不得会遭到所有的人的痛恨。最后连对自己最有好感的两三个铁哥们儿也都离我而去。岂止如此，连我也把自己抛弃了。

我对自己说："你简直就是蠢货！为了那么点小钱，竟然干出卑鄙贪婪的恶行。这还称得上是一个艺术家吗？别人说你是美术新秀，说你是罕见的天才，自己就忘乎所以，骄傲自大，居然干出这等见不得人的事，你自己不觉得可耻吗？"

这起事件严重地伤害了自己的优越感，最为悲哀。世间的那帮俗人骂我诈骗、恶棍、寡廉鲜耻，未必让我感到悲哀（我这个人天生具有背德性，别人这样说我，我并没有觉得有什么不合适）。欺诈也好，恶棍也好，我远比世间的好人们具有优秀的天才和睿智。在这一点上，我相信自己比他们是优越的种族（即使没人信，我也要力图为自己辩护）。但是，本应是优越种族的人，由于触犯了他们的制定的法律，受到他们的社会的制裁，结果被投入黑暗的监狱。即使如此，只要我心中还保留着优越的感情，也许我还有叫喊"优越"的权利。然而，可悲的是，我已经开始自我藐视。身陷囹圄以后，我的傲慢消失得无影无踪，怯弱、窝囊、畏首畏尾的心态麇集在脑子里。我觉得无颜面对社会，以及被我欺骗的人。我原本一直认为远比他们优越，现在觉得自己属于远比他们低劣的阶层，智力迟钝，缺少勇气，可怜痴呆。首先，之前一直憎恨诅咒自己的人们，从那时开始突然改变态度，对我先天性的缺陷表示怜悯恻隐，把我视为一个残疾人，而他们站在高处，同情我的癖性，把我的犯罪当作笑柄。他们起先敌视我，后来把我当作滑稽的小丑。他们可怜我、笑话我，我都认为理应如此，于是越来越自卑自惭。到了这个地步，其实人也就算完了……

二

在我已经坠落到这种境地的时候，始终对我不离不弃的只

142

有两个人，一个是我的老婆，另一个是朋友村上。我真的从内心感谢他们。要是没有这两个人，我说不定会自缢而死。

　　你进班房这件事，世人不了解你，吃惊疑惑是很正常的。但是，你自己还没有理由那么失望、沮丧吧？你犯下无耻之罪，这与你平生的性格丝毫不矛盾。我早就预感到，你这一生早晚会发生这样的事件。我知道你是这样的一个人，也相信你的天才，我现在还依然相信。连我都能预感出来，你自己也应该预感出来。你并非通过这一起事件才成为令人同情的人，在你以前还是非凡的艺术家的时候，你就是可怜的具有性格缺陷的人。只是在发生这起事件之前，你大多日子只看见自己优越的一面，而忘记了自己卑劣的另一面。但是，你虽然忘记，不能说你不知道。不仅知道，你不是还经常诅咒、哀叹你这天生的坏毛病吗？……总之，事到如今，一切懊悔、遗憾都无济于事，尤其是由于这起事件而丧失自信，那更是愚蠢可笑的。你的自信，从一开始就只存在于你的艺术之中，而你动不动就不知不觉地把强烈的自信心扩大到不合理的范围之外，具有赋予你整个人格的倾向性。这正如你觉得某种食物可口就认为它有营养一样，犯有同样的错

误。你的人格一开始是零，而你的艺术天分一开始就
是伟大的。你现在即使成为有前科的人，也丝毫不影
响你对艺术应有的自信。人格的不完备者不是真正的
艺术家，这种观点貌似公允，但毕竟不过是嫉妒你天
才的那些平庸之辈的浮浅之说。像你这样受到鄙视的
背德男人，更应该向社会拿出伟大的艺术作品，以胜
于雄辩的事实打破他们的这种谬论。既然你脑子里的
背德性和艺术性的想象力都是上天的赐予，不能进行
人为的改造。就像我们无法停止地球的运转一样，也
无论如何无法阻止你的犯罪性倾向和艺术性的兴趣。
你以后大概还会因干坏事经常入狱，但是你以后大概
也还会经常发表惊天动地的大作。你和扒手、小偷属
于同一类人，同时你也可以飞跃进入和但丁、米开朗
琪罗共同生活的世界。你不能大摇大摆地阔步走在社
会的正道上，你既要认识到自我是脸面无光的残疾人，
同时又可以始终以自己的天才自恃清高。

三

上面是村上给我来信中写的一段长话。我看这封信的时候，

有生以来第一次体味到感激的泪水（我总体上说和大多数罪犯一样，天生爱流泪，也很会哭，但真正从心底感激而落泪的唯有那一次）。这封信的确拯救了我。我看完以后，顿时感觉要珍惜生命，打消了自杀的念头。一度自暴自弃而失去的自信力重新猛然涌上心头。我曾经从"因为自己是社会的残疾人"这个前提出发得出"可怜的劣等人"这个结论，而极度悲观，但现在我从同样的前提出发得出"我是艺术天才"这个结论。我反躬自省，对自己的犯罪行为深感羞耻的同时，也不由得越来越相信自己的艺术天分。这封信给予我百倍的勇气。

我把村上的来信放在膝盖上，凝眸阅读，陷入久久的思索。

正如村上所说，我是一个可悲的背德者。关于这一点，我本人，以及我周围的一些朋友，早已知道得清清楚楚。实际上，我以前就多次骗人钱财、盗窃物品。可是，在发生这起事件之前，为什么过去没有引起严重的问题呢？我的朋友、崇拜者、监护人以前都对自己的不道德行为采取默许的态度，而当我的这次行为触犯法律的时候，他们为什么都突然翻脸，轻蔑我呢？我入狱的这个事实只是说明我具有完备的入狱形式，并不能说我的实质性内容发生了变化。他们之所以喜欢我、崇拜我、保护我，如果说是因为我的天才，那么由于我的外在境遇发生变化，就完全没有理由这样遽然摒弃我、排斥我、拒绝我。在这一点上，村上的态度坚定彻底。也许我这么认为有点自负的感觉，村上承认我的天才，实质上也在证明他的天才。

世间的俗人们大概并没有觉得我是一个无耻的人。我的一小点不端行为只是艺术家常有的不拘小节的结果，其实我并不是黑心的坏人。毕竟是文明社会，人们一般不会把别人想象成恶人。只要不是石川五右卫门①、村井长庵②那样无恶不作的坏人，大抵都把罪人归入好人这个范畴。如果他们不相信"自己居住的世间还是好人多"的话，他们就会整天地不愉快。所以，当他们发现自己的周围有罪人时，就千方百计地从各个方面为罪人的心理状态进行辩护、解释，最终给罪人制造某种借口，将他变成好人。而且，他们体会到这样的解释具有现代性。

四

比如，他们认识的某个人因为犯事被送到检事局③，他们必定会为他开脱，说"这个人是好人，就是有点傻"之类，硬要把罪人说成是好人。"好人""傻瓜"这样的为人性格是相信

①石川五右卫门（？—1594），安土桃山时期的盗贼，因偷盗丰臣秀吉的香炉，被捕，被秀吉烹杀。其全部亲属皆被处以极刑。
②村井长庵，河竹默阿弥所著歌舞伎剧本《劝善惩恶窥机关》中的人物。无恶不作的医生，死于狱中。
③检事局，日本在第二次世界大战前据裁判所（法院）组织法设置的机构，类似现在的检察院，但当时隶属于裁判所。

此人是好人的最有力的借口。

他们的借口还有很多，比如说"爱发脾气""胆子小""神经质"等——这些性格特征似乎都不符合他们所认为的"坏人"的概念。

"你觉得他看上去像坏人，他马上就会生气，其实他是个大好人。""那个人聪明伶俐，就是胆子小，不会干坏事。"在这些极其单纯的理由下，就轻而易举地把坏人说成好人。前面说过，他们这么做的目的，并非出于对弱者的深切同情，而是为了掩盖自己的不快。

尽管我知道自己是一个彻头彻尾的背德者，然而，幸乎不幸乎，由于我具有他们以此认为是好人的特征，所以长期以来没有被划归到坏人那个范畴。虽然我不是傻瓜，但从某一点上来说，我的确是爱发脾气、胆子小、神经质、大好人。因此，我每一次干坏事，他们都会说"你人不错……"。我把这句话当作好话，最后越来越不像话。

既然大家都把我当作好人，我也不想成为一个坏人，但无论如何，我就是一个坏人。因为是老好人，因为是胆子小，因为爱发脾气，那么，有什么道理说"他就是好人"呢？善恶之间没有明确的区别，在某种程度上说无疑是真理。问题在于程度，我对善恶的区别并不像世人所想的那么暧昧。从某个角度来看，二者之间存在着相当"明确"的区别。

按我的观点，善恶的区别最终归结为有无"诚意"或者"爱情"。我这么说，当然肯定有人反对我。他们大概会说"世上所有的人都有诚意。多坏的坏人，都会在他心底的某个深处潜藏着一片诚意"。其实，这就大错特错了。我想对他们说："的的确确，至少有一个人，毫无诚意，也毫无爱情。这个人就是我。"

"但是，你见到别人的不幸，不是也流泪了吗？这难道不是你有爱情、有诚意的证据吗？"

如果有人这样诘问我，那他实在太浅薄了。所谓的"泪水"，看乡下演出的戏剧《寺小屋》①也会哭成泪人。难道泪水就是"诚意"和"爱情"的证据吗？

五

我最初对泪水还是充满信任的。记得以前被父亲痛斥的时候，唯一的妹妹死去的时候，总会想到"自己做错事了""啊，妹妹好可怜"而痛哭流涕。"既然我落泪了，就说明涌动上来的感情是真实的。我这一次真的后悔了。我真的要成为一个好人。

---

①寺小屋，指《菅原传授手习鉴》中的第四幕。由第二代竹田出云、三好松洛、并木千柳创作的义太夫节、歌舞伎与人形净琉璃剧目。是义太夫狂言三大名作之一。第四幕《寺小屋》作为折子戏经常上演。

我还是有诚意的人。"——这么一想，不知道心里高兴过多少次。然而，眼泪这东西偏偏不是发自人的灵魂深处这个源泉，而是受到极其表层的气氛和情绪的调动。毕竟自己所处的周围环境的气氛，会让感觉敏锐的人轻易掉泪。

就我的经验而言，坏人比好人对气氛的感觉更加敏锐，真是不可思议。所有带有犯罪可能性的人，都没有独立的自我情操，都完全被周围的气氛所支配。他们特别擅长察言观色。对方如果面带悲哀的神色，他也会立即表现出悲痛的表情；如果对方显示出高洁道德性的感伤，他也就立即表现出好人般的心情。所以，爱哭的人中，坏人比好人多。

因为对气氛的感觉敏锐，他们往往被人视为神经质、伶俐。他们自己干坏事，有时候却根据当时的气氛，也会猛烈憎恨，抨击恶行。这个时候，他们的感情绝不是虚伪的，真的是从心底就这么认为。

我也和大多数的坏人一样，根据对方的情绪，变换各种不同的气氛。和好人说话的时候，我始终把自己装扮成一个好人，对他的一字一句都表示赞同，产生共鸣，最后对方想说的话、正在考虑的事情，都自然而然了然于心。如果偶尔我说的话正好符合对方的心意，得到对方的赞同，我也会因此得意忘形，相信自己就是一个好人。只要与我谈过一次话的人，大抵都会喜欢我。

我认为，坏人去骗人，其实并不是他对欺骗感兴趣，不如说出于想让别人喜欢自己的期望，于是顺应对方的气氛而出现的结果。坏人不是从骗人，而是从"让别人喜欢自己"这个期望中得到快乐，因此他的谎言出于无心。

"这是歪理，前后矛盾。如果希望别人喜欢自己，为什么要去干坏事？"

对于这样的质疑，我只能这样回答："正因为是坏人，才更想得到别人的喜欢。"

若非我是天生的坏人，恐怕无法真正理解这种心情。

坏人对善恶的种种气氛具有敏锐的感受性，但是，这种气氛是极其表层的东西，绝不会浸润到他们的灵魂深处。他们的灵魂深处坚固地潜藏着"我是极其可恶的坏人"这样的意识，这与时刻不停变化的气氛毫无关系。因此，所有的坏人，内心总是孤独的，总是为寂寞而苦恼。正因为如此，他们才渴望被别人喜欢。

六

但是，不论别人怎么喜欢自己，与别人的感情融为一体，归根结底总是离不开气氛这个范围。越是被人喜欢，越是和别人的感情化成一片，他们的孤独感就越深。自己与对方，不论表面上看似如何亲密无间，实质上性格的本质是无法逾越的，自己是先天性的背德者这个扭曲的本性不断地纠缠着他们。我是坏人，所以不理解好人的心理状态，但听说好人不论怎么孤独，总有神佛、良心的慰藉。如此说来，真正懂得孤独滋味的恐怕只有坏人吧。他们孤独的背景，没有丝毫神佛或良心的光明、色彩，只有一团漆黑和黯淡。为了稍微缓解一点儿这种难以忍受的孤独，他们求助于与世人频繁地交往。所以，他们的交往也就仅限于以互相开心地开玩笑、喝酒为目的，与看戏、吃美食没什么两样。

然而，人与人之间并非仅限于气氛表面的交往，时间一长，必定有机会互见对方隐藏在气氛背后的灵魂。这样的话，坏人就会被好人抛弃。我在恶人中也算是比较聪明的人，所以和别人交往始终保持慎重小心的态度，不制造灵魂坦然互见的关系。因此我就要绞尽脑汁，耗尽神经。我本意只是在表面上进行保持一段相当距离的交往，但其中有的人主动缩短这个距离，不断越过界线，升级为互相坦露心扉的亲密交往。我在心里无奈地叫喊"我是坏蛋，这样做让我为难"，有时候露出本性，给对方多次忘恩负义、无情无义的行为，逼得对方与自己绝交，离他远去。尤其我与一般的坏人不一样，我有不少的崇拜者、监护人，所以这样的危险就非常多。当那些有钱、正直、热爱艺术的慈善家慕名而来与我接近的时候，我总是忐忑不安。

这样的人，早晚要和他绝交的。——这么一想，难以释怀的寂寞悲伤袭上心头。每每遇见这样的人，要不一味干坏事，让他尽快和我绝缘离开；要不如水淡交，布设防护网，以免受到他的诱惑的威胁。

七

鉴于这种情况，我一开始就把我的朋友分为两类：一类人是我干点无情无义的事让他与我绝交；另一类人是我对他们不做伤天害理的事，尽量保持体面的交往。实际上，我就是这样做的。要实施这个计划，还得颇费一番功夫。首先，我必须不让前后这两类我的朋友互相接触，对前者，我要肆无忌惮地施展我的背德性；对后者，我要极力维持我的艺术家面具。

我要事先声明，我并不是从我认识的人中，特地挑出有钱人或者容易上当受骗的人，将他们归到前一类。我把他们分为两类，多半出于偶然的因素。有时候觉得将会给这个人添点什么麻烦，可是由于什么原因，结果什么事都没有发生。有时候想和这个人淡淡交往，却因为意想不到的因素，结果对他做了坏事。因此，虽然总体上分为这两大类，但也有前一类人逐渐加到后一类，后一类人突然变成前一类人的情况。他们的命运，不在我的掌握之中。不过，在我制订这个计划时，有一个假设条件是必需的，那就是："我的朋友应该不会对我的恶行进行复仇和揭发。"如果他们在感觉到我的恶德恶性的时候，连为我保守秘密的情义都没有的话，那么后一类的朋友就会唾弃我的卑鄙恶劣的品性，离我而去。就是说，要以"我的朋友必须是有情有义的好人"这个预想作为基础，来保证我操纵他们的策略。我在相信自己是坏人的同时，认定世上的人们都是好人。

一个奇怪的现象，没有人像坏人这样愿意相信他人的善。他们一年到头都在撒谎，所以不认为别人也在撒谎。撒谎的只是自己，而别人都是正直的人（正因为如此，他们才感觉孤独）。从这个意义上说，他们极其浅薄。坏人往往是欺骗别人，而自己也容易被人欺骗。坏人的特性里如果没有浅薄这一点，他们的恶行就不可能得逞。

"这个人浅薄，所以是好人。"

世间这样的常识性判断，有很多地方无法理解坏人的心理。世间的常识是好人的常识，不是坏人的常识。

我将朋友分为两类，但只有一些人兼及两类。他非常清楚我是一个可悲的背德者，为了我多次陷入困境，但还是对我不离不弃，诚心诚意地和我交往。这些人就是像村上那样的朋友，他们没有抛离我的人格，他们维系着对我天才的眷恋。

他们对我不满，抱怨我"你无情无义，不知廉耻"，却又极尽耐心地跟着我。他们对我的恶劣习性错愕愤怒，但对我的创作又连声赞叹，于是把我的罪恶和败坏的道德抛到九霄云外。

八

对这样的朋友，我一直都是厚颜无耻。"这样子还跟着我吗？这样子还跟着我吗？"我心里一直怀疑，却接连不断地干着坏事。对于我这个意志薄弱的人，他们却以宽阔博大的心胸，显示出对我不甚了了的理解态度。说实在的，这是双方的不幸，其结果只能助长我越来越多的犯罪行为，而意识到这一点的时候，双方都到了进退两难的地步。在他们恼恨"又被骗了！真是可恶的浑蛋！"的时候，我也在反思"又把这家伙给骗了，真不应该"。然而，即便如此，双方都不会轻易断绝来往。他们觉得"为了几个钱就和那样的天才艺术家分手，那太可悲了"，而我也在思考："他们那样执着地热爱我的艺术，我对他们还做忘恩负义的事，这是多么的不幸啊！"我和他们都对我的恶劣行径扼腕叹息，却依然带着极不愉快的沉闷痛苦的感情继续交往下去……

我这次身陷囹圄，从根源上说，就是由于和这样的一些朋友该断交而没有断交，过从甚密的缘故。我对这些朋友当然不能有丝毫的抱怨，别说抱怨，我应该合掌拱手感谢才是。只是我也好，他也好，都过于强忍这种不愉快的关系。他对我厚颜无耻的行为应该采取断然决然的措施，那就好了。我这么说，给人的感觉是对自己的罪恶不闻不问，把责任推诿给无辜的对方，但是，我已经承认我是残疾人，所以只能依靠对方。

我和那个人——K男爵结识，密切交往，还是三四年前我的油画第一次在"文展"①上展出时开始的。作为绘画艺术爱好者中的年轻贵族，以前我在朋友圈中就听说过他的名字，不过，我的画被他收购，对我来说，要比被别人购买更加荣光、更加幸福。那个时候，我穷得都买不起绘画颜料，这下不仅一下子有三百日元的收入，更重要的是得到这位公认为美术评论家的男爵的认可，我也就获得了社会的认可。

"你这样的技能，要是在西方，完全可以成为优秀的画家，但油画在日本不吃香，没办法。"

男爵经常这么说，对我的穷困潦倒表示同情，也多亏他的关照，我才能娶妻盖房，有了一间虽然简陋但属于自己的画室，

①文展，明治四十年（1907）创办的文部省美术展览会的简称。第二次世界大战后改为日本美术展览会（简称"日展"）。

过上正常的生活。不仅如此，他只要有机会，就在各种美术杂志上发表文章，赞扬我的艺术风格，为我的前途祝福。

我与这位男爵交往的初期，特别注意改正自己的恶习。我去他家里拜访，看到很多珍贵的西洋名画的复制品，聆听他对美术的见解，每次都受益匪浅，为他与年龄不相称的渊博学识所倾倒，对他优雅高尚的人品深怀由衷的敬意。

九

我每次见到男爵的时候都这么想："要是万一不得不和这么优秀的人绝交的话，那将是何等的悲哀啊！他做梦也想不到，我的脑子深处麇集着无耻的可恶的灵魂，这是多么残酷惨苦的事实啊！我一生至少在他面前绝不能显露任何罪恶的灵魂。无论如何一定要和他保持纯洁干净的交往。"我总是感觉到随时都处在与诱惑斗争的危险境地。但是，这种干净纯洁的交往，亲密之间的自发尊重、熟悉之间的规矩礼仪，真正美好的友谊大概也就持续一年左右吧。两人不久都收起最后的客套，赤裸相对。我认为，导致两人的关系走到这个地步，双方都有责任。如果他的年龄比我大十几二十岁，对我具有长辈的压力，双方的交往也不会变得如此恬不知耻。可惜他和我同年，是一个贵族里的小毛孩，而且是一个极具平民主义思想、极其正直的大好人。他不喜欢我把他视为自己的恩人，不喜欢把他视为华族[①]，想方设法想进入艺术家的行列。我们之间互相称呼都是直呼其名，交际办事都有一种粗鲁的侠义感。这时的关系还是可以的，但问题在于我逐渐忘记了他的男爵的身份，他也就不再认真地赞扬我的艺术作品。这是最糟糕的事。后来的三四年里，我多次向他借钱，而且总是赖账不还。每次少则十日元，多则五十日元——大概就这个数额，K 其实并不在乎这些钱，只是很不高兴被我欺骗。尤其我的欺骗方式，可以说是极其虚伪、狡猾奸诈、死皮赖脸，这令他恶心至极。起初五六次，我一开口，他二话不说，很痛快地借给我；后来逐渐变得麻烦，最后经常出现两人默然对视的情景。

K 似乎无法忍受这种令人沉闷窒息的沉默，总是他先打破沉默，说道："无论是你还是我，对这样的话题都是感觉不愉快的。就你而言，向我提出来，大概也是经过一番苦恼思虑的，我自然也很清楚……你恐怕也和我一样，感觉很不愉快吧。你知道我这个人的性格，不会轻易拒绝别人的借钱。你正是利用了我的这个弱点，尤其是对你，我更难拒绝。你应该非常明白这一点。"

---

①华族，明治维新后至《日本国宪法》颁布前（1869—1947）存在的、位于皇族之下、士族之上的贵族阶层。

十

"你这么说，好像是我利用了你性格上的弱点，但是，正是因为我对你的性格了解得不深不透，才让我的心情格外不好。我的确知道你不会拒绝别人借钱的要求。按照你的说法，是我利用了你的'对我更是不会拒绝'这个弱点，但是，正因为如此，更让我难以开口。知道你的弱点，这反而成为我的弱点。对于我，你有最难拒绝的原因；对于你，我处在最难开口的处境。因此，每次只要一提到金钱，我们两人都感到为难，不知如何是好。这些我都明白，但还是来借钱，也是出于万不得已的情况。"

我总是这样长篇大论地为自己辩解。K 往往显示出老好人的一面，我则显示自己懦弱无能的一面。于是双方都陷入无奈无助的状态，等待对方的援助。如果任何一方都不采取积极主动的行为，事态就无法收拾。两个人的心情都坏到极点。

"越谈，心情越不愉快，每次都是这样子，马马虎虎地收场，最后还得借钱给你。可是，你说是万不得已的情况，为什么每一次都万不得已呢？不好意思，我对你的话表示怀疑……"

没想到 K 以一种郑重的口吻委婉地对我发问，要是平时的话，他会直截了当地对我发动人身攻击，可话题一旦涉及金钱的借贷，双方的谈话不是很轻松顺畅，因此更是故意营造出一种拘谨局促的氛围。

"要详细说明我的万不得已的情况，我就必须忍受极端不愉快的心情，所以此事只能请你自己去推测。不过，总而言之，就是万不得已的情况。即便每次都是如此，每次也都是万不得已的情况。"

我就像小孩撒娇一样，随口回答，毫无头绪。但是，在说到这个原因时，我心里明白，其实并不是小孩撒娇，而坚信的确是出于万不得已的情况。

"那好，就你所说的万不得已的情况，如果我不答应的话，你会怎么样呢？你不要误会，我绝没有说你对我撒谎。你大概相信自己陷入了万不得已的情况。但是，我觉得，有时你感觉自己到了万不得已的地步，其实并没有那么严重。你肯定预想到，今天到我这里来借钱，大概会成功。你认为你的预想都能实现（K说这些话时，往往露出机警的微笑）。如果你没有这样的预想，恐怕不到万不得已的情况，你也不会来。换句话说，只有当事态发展到万不得已的情况时，你才会产生向我借钱的预想。"

十一

我终于坐不住了，说了一通强词夺理的话："可是，你要明白，什么是万不得已，什么不是万不得已，二者之间没有明确的划分界限。为了产生可以从你这儿借到钱的预想，不可能故意制造万不得已的情况。任意的两种情况，一前一后存在的话，不应该把后者视为前者的结果。"

要说胡搅蛮缠的歪理，其实 K 的那一套和我的一样荒谬。只是我向人家借钱，这是我的弱点，容易受攻击。这对于 K 来说，好像是一件快事。为什么呢？虽然他在学识上胜过我，可是在对艺术的感觉上远比我迟钝逊色，所以最近就美术问题展开激辩的时候，他往往败下阵来。K 想借这个机会，可以发泄他心中的愤懑郁闷。K 的做法虽然卑鄙，但无论是我还是 K，都没有时间去感觉是否卑鄙，还是和平时辩论美术问题时的心情一样，你一言我一语地表达自己的主张。

"好吧，你就是这么想的。——但是，所谓万不得已，就意味着陷入困境，无计可施。如果你没有从我这里可以借到钱的预想，就是说，我不会借钱给你，那你怎么办？"

"你问我怎么办……因为我根本就没有想过在你这儿借不到钱，我也不知道该怎么办，除了走投无路，我还能怎么办呢？至少在我向你提出来之前，我就已经想尽了各种办法，求爷爷告奶奶，到处求情，但就是搞不到钱，所以才到你这儿来的。要是再遭你拒绝，我就没辙了，不知道找谁好。"

我的这一番话，把话题从胡搅蛮缠拉到现实问题上来，但又被 K 引向歪理上去。

"如果你的万不得已的情况的出现，与可以从我这里借到钱的预想毫无关联，你自然会想到被我拒绝的情况吧。"

"你这么一说，我可能真的会考虑。你也知道，我这个人对金钱没有计划性，不考虑将来有没有钱。你问我要是被拒绝该怎么办，是啊，我该怎么办呢？可是，我怎么想也没有别的办法，只能走一步看一步吧。"

"对，你历来就没有规划。就是说，即使到了万不得已的时候，即使走进死胡同，你也觉得车到山前必有路，自然会解决的，比想象的要容易，你就是这样过来的。就说这一次吧，你说走一步看一步，就是说你根本没有想尽一切办法。其实只要竭尽全力，没有办不了的事情。像你这样没有规划性的人，不会有万不得已的情况出现。"

十二

K 的这一套主张从头到尾都是强词夺理的谬论，这里有他的种种目的。他是个大好人——他性情懦弱，这早已被我看透，所以只要我提出借钱，他怎么也无法拒绝。但这只是真理的一面，从另一面来看，即使他爽快地借钱给别的人，但是对于我，因为我过于了解他的性格，反而不会那么爽快。借钱给我，他不觉得这是施恩，而是觉得被我当作傻瓜。于是，在这种歪理中绕来绕去，其目的就是不被我当作傻瓜。

既然这样，那就干脆断然拒绝我的要求，可是他的性格决定了他不会说出"不行"这两个字。他自己也明白，最后正如我预想的那样，还得借钱给我。夸张一点儿说，自己的行为受别人的意志支配的意识——这种意识极大地伤害了他的自尊心，所以他要在某种形式上战胜我，才能心理平衡。钱可以借给你，但是意识不能输，这就是他的本意。钱被借走了，实质上是他输了，但至少要在意识上赢回来，让对方感受失败的滋味。

我的最大目的就是钱，所以应该尽快在辩论中败给他就好了，可是我不得不陷入一种进退维谷的尴尬境地，本来就不应该在社会上抛头露面的无耻之人，却又是一个具有非常理性的不服输灵魂的激烈性格的人，非常厌恶强行索求别人的恩惠却承认自己"输了"这样的事实。"虽然在和你争论上我输了，但你要把钱借给我"——我不会这样去哀求对方。

当然，在和K争论，反驳他的意见的阶段，是不会得到金钱的，所以我做好准备，尽量让步，让他的道理顺当成立。实际上，他的道理的对象就是我的性格特征，所以有时候我也兴奋得失去冷静，结果往往败在他手下。这样一来，辩论中输掉倒还好说，就是输得过于明显，让我担心这样反而会不会失去借钱给我的理由？就 K 而言，借钱给我，却要摆出一大堆狗屁不通的歪理，借此机会逼着我承认他的"并非万不得已"的意见，从而抹掉借钱的借口，这样的图谋不是说完全没有。因此，从利害关系上考虑，我不能漫不经心，输得太明显。当然，更不能赢得太多。

即使不是这样，我作为被动的守方，因为有这样的担心，我的道理就越发变得软弱无力，暧昧含糊。而 K 趁着自己占上风，顺着自己的思路往下走，越来越发挥他的莫名其妙的诡辩。他平时就以明晰的逻辑头脑而自居，动不动就自我炫耀一通，这就造成不好的结局。

十三

"……你刚才说'什么是万不得已，什么不是万不得已，二者之间没有明确的划分界限'，你说得肯定没错。所谓'万不得已的情况'，不是存在于表面的境遇，而是潜藏于这个人的心境里。根据不同的心境，可以随时感觉到'万不得已的情况'。如果你没有可以从我这里借到钱的预想，也许就依靠平时的无规划性，顺利渡过目前的难关，而不认为现在就是'万不得已的情况'……"

"不，不是这样。不管有没有预想，都是'万不得已的情况'。如果你不借给我，我真的陷入困境。"

"陷入困境？陷入什么样的困境呢？对不起，你一年到头都穷困潦倒，那不是整年都陷入困境吗？"

"是的，不过这次特别严重，已经陷入穷途末路了。"

"这么说的话，要是被我拒绝，你就要卷铺盖连夜跑路吗？"

"那还不至于，大概不会连夜跑路的，不过自己方方面面都会背信弃义，脸上火辣辣羞赧难当，无地自容。"

其实如果说连夜跑路对于我达到目的更好一些，但我心里有一种说不清楚的虚荣心，几乎是本能性地支配我的脑子，所以没时间考虑其利害得失，一下子说出口来。

"你看看，既然不连夜跑路，也不卷铺盖搬家，那说明你现在的困境和以前的没什么两样。没错，尽管你也会觉得羞耻，但是你还不至于为这些事而忧心苦恼，否则，你以前怎么在社会上混过来的啊？在别人眼里感觉提心吊胆的事，你不是都若无其事地走过来了吗？我认为你对世间的情义根本就不放在眼里，满不在乎，毫无感觉。"

我不由得打了个寒战。K显然在讽刺我丑恶的灵魂。如果你是一个重情义的人，却从来都是借钱不还，还有什么脸面来这里厚着脸皮要钱呢？——K的意见的言外之意，显然就是暗示这样的结论。我只能沉默低头，一副低声下气乞怜的样子。

"每次争论到这里，大家的心情都不愉快，所以还是不再深入下去为好，我倒是希望你是一个漫不经心的人。我这么认为，你大概不会有异议吧。对你来说，什么困境，什么万不得已的情况，根本就不存在。你只是根据当时的心境，有时候这么感觉，有时候感觉不到。说得极端一点儿，你为了预想到可以借到钱，才感觉现在是万不得已的情况。也许你自己没有意识到这一点，但我认为肯定是这样。"

十四

K满面红光，掩饰不住胜利的兴奋，眼角瞟着被打败的我的一副可怜相——低垂着脑袋，嘴唇痉挛性地颤动，他似乎对自己琢磨出来的一套妙不可言的道理感到无比满足，点上一支香烟，悠然自得地仰坐在安乐椅上。

当时我心里也在琢磨："说不定K说的这一套还真的是事实。"

我一直相信自己的确到了万不得已的时候，但仔细一想，还从来没有一次到过万不得已的时候。就金钱而言，无论多大的困境，还从来没有感到过痛切的羞耻，我一直不当回事，心想"总有办法的"。这"总有办法"的"办法"就包含着"不惜践踏世间人情"的条件因素。就说现在吧，万一真的被K拒绝，我会陷入多大的困境呢？其实也就是多少感觉很没有面子。像这种丢面子的事情，以前也有过多次，只要闭着眼睛就过去了，也没留下什么辛苦的痕迹。

"……是啊，越想越觉得自己其实并没有到万不得已的状态啊，可自己为什么这样大吵大嚷呢？为什么总觉得自己'身陷困境'呢？"

我反躬自省，扪心自问，其实，我所谓的"万不得已"并非我的实际境遇，而是我空想的产物。我随心所欲地将不同于现实的东西一股脑儿地装进自己的脑子里，并且为所产生的幻影而苦恼。

下面这段话有点偏题，顺便谈谈我的看法：一切具有犯罪性的人多是幻想家（从这个意义上说，坏人通常比好人更是艺术家）。因为他们不能如实地观察社会，总是利用空想来彩绘社会，所以他们眼中的世界远比好人所看见的世界更具有刺激性，更富有诱惑力，是一个极具美丽幻影的世界。当这种刺激和诱惑强大到足以威胁他们的程度时，他们就丧失抵抗力，而冒险犯罪。对他们来说，幻想比事实更具有价值，更具有力量。他们在自己心造的幻影诱导下为非作歹，但同时又为自己的恶行感受心灵的痛苦。他们往往通过幻想相信未来就是现在，相信现在就是过去，所以他们没有明确的时间观念。他们的脑子里只有"永恒的恶"。

一般认为，坏人比好人更具有物质性。坏人自身也多是这么认为。其实事实恰恰相反，在他们看来，物质世界是幻想世界的反映，而后者更具有实在性。不幸的是，他们的灵魂是邪恶的灵魂，只有这种灵魂的功能作用对他们才是真实的。

十五

K 所言极是，我被他说服，认识到一直威胁我存在的东西其实不过是幻影，既然如此，也就没有必要借钱了，我应该主动提出撤回借款的要求。可是，奇怪得很，我还是没有打消借钱的念头。

如果坦率地说出我的心里话，那就是："困境不困境，你都别管，反正现在我想要钱，就借给我吧！"

没有任何理由，就是想要钱。所谓"万不得已的情况"，即使只是幻影，那就作为幻影，也足以刺激我的欲望。

"诚如所言，也许我实际上并没有陷入那样的困境。但是，我的心觉得自己已经陷入困境，所以，由于这样的心情，我依然痛苦烦恼。如此看来，我无疑还是在困境之中。不论怎么说，我的困境的确千真万确。"

我这么一说，K 无言以对，无法反驳。我的这一番话不言而喻，都是歪理狡辩，但逻辑上基本还说得通，看似无懈可击。不过，K已经把我驳倒，让我无话可说，看来他的心情很舒畅。

"关于钱的事情，每次和你讨论，都是这样没完没了。我听来听去，都没有发现你有借钱的理由，但是你如此固执地硬要借钱，我也不好说不借给你，所以，算了，还是借给你吧。——但是，你听好了，这次一定要还。你每次都这样死乞白赖，我真不想说一大堆啰啰唆唆的大道理。可是，你每次都说'一定会还'，就这么轻而易举地借走了，你却一次也没有还给我，所以让我难以出手。我借给你的东西，其实并不想让你还，但是你每次都保证'一定还'，可就是不还，这让我心情很不好。这可不是一次两次哦！"

"啊，我知道，这都是我的错。我不是从一开始就想骗你，可是嘛……后来，就变成这样了。你也知道的，一切都是我不好……"

"我不想说好还是不好，总而言之，你把钱还给我，我心情就好了。"

"嗯，这个没问题。这一次我一定还。"

"你嘴上说没问题，大概还是说一开始就没有想骗你吧，毫无信誉可言，必须尽快还，让我真正相信你。这样吧，期限就是这个月月底。"

"好的，这个月完全没问题。二十日前后我有二百日元的入账。”

一旦钱到手，我就立即夸下海口，如此信誓旦旦，骄横放肆，但最终还是赖账不还。

十六

就是这样，我几十次去 K 家里，欺骗愚弄，然后再恬不知耻上门，每一次都是议论交锋，都是发誓保证如期归还，然后都是食言违约。我因为有 K 这个大好人朋友，使得我这个意志薄弱的人一次又一次无休止地背信弃义。我甚至想，我这样赖账不还，他因此与我断绝来往，我该是多么轻松自在啊！

想归想，但两人绝对没有决裂，然而，出乎意料的是，后来竟然真的分手了。无论 K 多么心胸宽阔，仁慈善良，面对我在法律上实施的欺诈行为，而且还诉诸法庭，不管他是否愿意，在世人面前，他不得不与我断绝一切关系。

我不会忘记，那是去年秋天十月末，我没有料到后来会成为一起大事件，还是和以前那样，觍着脸去 K 家里借钱，也许那一天我的态度比平时更加厚颜无耻。因为大约十天前，我刚刚去他家借过钱，并答应“两三天就还”的条件。钱是没有还，而这次去，想借比上次多近一倍的钱。进门以后，我没有立即张口提出来，而是一本正经地谈论我对 *Vita Sexualis* ^①的感受。

大约半年前，我开始迷恋一个女模特儿，为她花费了大量的时间和金钱。我天生具有受虐狂的倾向，她第一次给予我极大的满足。以前我只能通过幻想略微填补我这怪异的性欲要求。由于我和她的关系，一切恶心的、残忍的、血腥的幻影都附着在活生生的人的肉体上得以实现完成。然而，奇怪的是，当幻影在脑子里完成实现的同时，幻想中特有的美却突然消失得无影无踪，只是赤裸裸地暴露出现实的丑恶。

"难道我脑子里描绘的幻影就是这样的浅薄、这样的贫乏、这样的污秽吗？"

我常常一边沉溺于快乐，一边思考。我的快乐依靠幻想得以满足的时候，总要丧失 Freshness（新鲜感），而一旦转移到现实世界，厌倦、疲劳、羞耻等感情立即蜂拥而至，将活跃的快感搅浑如泥。她美丽的肉体，被她的肉体虐待的我的肉体，本应在我的幻想中闪耀着永恒之美的光辉。然而，恰恰相反，生机勃发的光芒逐渐黯淡减弱，最后含带着铅一样的阴郁沉重的暗影。这是我意外的悲哀的发现。

---

① *Vita Sexualis*，森鸥外的小说，1909 年发表。该书题目词义源于拉丁文的"性欲的生活"。政府以黄色小说为由，禁止发行。内容主要描写主人公哲学家金井湛以哲学的观点探讨本人的性体验，书中没有直接的性描写。

十七

听完我的感受，K 问道："你读过戈蒂耶的《回忆波德莱尔》吗？……戈蒂耶这样说道：波德莱尔诗中的每个女性都不是现实的女性，而是典型的'永恒的女性'。他不赞颂 Une Femme（一个女人），而是讴歌 La Femme（女人）①。你这样 Masochist（受虐狂）的脑子里的女人幻影，不会是某一个女人，而是极其完美的永恒女性吧。因此，你一走进现实，就立即感到失望。"

K 的观察的确敏锐准确。我以前是一个极端的女性崇拜者，但崇拜的对象不过是我"丑恶的灵魂"所想象的女性的幻影。我偶然间迷恋上一个女人，那是因为我从她身上看到自己心造的幻影。因此，当明显出现幻影与现实的差距时，我就从她身上寻求幻影。于是，我就不停地更换女人，总是反复体验失望与幻灭的悲哀。我不知道世间男人所体味的那样的恋爱的滋味。如果勉强说我也有过恋爱的话，对方就是住在我脑子里的幻影的女人（不言而喻，我有妻子，但是她与我的恋爱毫无关系）。

想到这里，我不得不痛感自己是一个非物质性的人。我彻

---

① La 是法语中的阴性单数定冠词，强调女人的性别属性。

头彻尾地活在幻想的空间里。

从完美无缺的幻想世界回头观察充满缺陷、满眼丑陋的现实世界，我就感觉到一种诅咒和轻蔑。于是产生一种设法将自己的幻想在这个世间表现出来的要求。这个要求以性冲动的形式表现出来，我肯定失败，但如果诉诸艺术冲动的形式，我的幻想就会出色地表现出来。如果有人以为像我这样的罪犯的脑子里都装满如蛆虫般麇集的肮脏污秽的思想，那就请你看一看我所发表的绘画作品。整个画面流光溢彩，那丰润的色彩、幽玄的光泽、庄重的线条，我的脑海里犹如镶嵌着无数璀璨的宝石。丑恶的灵魂所编织的幻影世界，如同伽蓝的壁画一样庄严。

我把上述意思大致告诉K。

"这一次，我真正是吃尽了女人的苦头。这半年里，为了她，我抛弃艺术，追悔莫及。我今后的道路，只有艺术这一条道。我要设法与她尽快分手。"

说到这里，我的话题急转直下，最终才把真正的目的吐露出来："我想给她一百日元的分手费……"

十八

"你绕这么个大弯啊。不过我早就预料到你的来意。"

K 的眼珠泛动着老好人才有的那种平和而痛苦的光泽。他没有觉得惊讶，对我的话也是姑妄听之，根本不放在心上。我刚才那样一本正经、那样郑重其事地坦率自白，他从一开始就抱有怀疑的态度，可见他已经对我形成极大的偏见，这让我心里很不痛快。我的直觉告诉我："看来今天很难，就算最后借给我，也要颇费一番口舌。"

"……你的自白也许是真的。但是，不管它是否真实，一旦和金钱挂上钩，我就无法用坦诚的心态来倾听。如果你真有诚意让我相信你的自白是真实的，尤其像今天这样，应该理所当然地回避钱的话题。否则，我只能认为你是利用自白达到借钱的目的……"

论战终于开火了。两人的唇枪舌剑大概要持续好几个小时，以前有过上午开仗、傍晚亮灯时候停战的例子，今天大概要到夜里才能见分晓吧。从现在开始的六七个小时里，两人的逻辑性的梯子互相越搭越高，千言万语堆积如山，不知何处才是终点，拖拖拉拉，啰啰唆唆，翻来覆去。——如此想来，他们都不约而同地从论战一开始就感觉到一种疲惫和压力。这毕竟不是运动会，都具有夺取胜利的凛然勇气的竞争心态。

"我啊，前些日子刚来借过钱，现在又来，我必须向你详细说明一下原因。要做说明，就不得不说这些事情，如果我的自白本身是真实的，不能因为与金钱挂在一起，就一下子失去其

173

真实性。"

"本来应该是这样的，但是我觉得滑稽的是你的态度，你忘记了为借钱而自白这个根本性的动机，装出为自白而自白的貌似一本正经的态度。我是说，你为了借钱，就极力强调自白的真实性，但表演过头了，让我觉得可笑。我觉得你试图通过自白的热忱态度，激发起我对你的痛切感动，然后利用这种感动，达到借钱的目的。——实际上也许不是这样，但给我这样的感觉。这让我产生奇怪的心情，看出来你是从自白的真实性中找出'可以向朋友借钱'的正当理由。"

"这是你胡思乱想，我的根本动机就是金钱，只是在一心一意讲述的过程中忘记了这个动机，自白本身激发了我的兴趣，终于深陷进去。这样的事情无论是谁都有可能发生。"

十九

"所以，我已经提醒过你。听了你的自白，我不能不对你的心境表示莫大的同情。我认为你将来和那个女的一刀两断，以极大的热情始终投身于艺术是一件大好事，但这与是否借钱完全是两码事，希望你充分认识到这一点。——不论你的自白多么精彩，这不能成为你因为自白就比平时更堂而皇之地向我借钱的理由。你应当明白，这与'因为万不得已的情况才向你借钱'的口实没什么两样。"

"不，我认为情况不同。以前是因为我陷入困境的心情需要钱，这次不是因为我的心情，而是为了艺术，为了挽救我的艺术。如果你热爱我的艺术，希望我的艺术能得到健康的发展，这次借给我的钱就不会没有意义。"

"但是，你刚才说要拿这一笔钱作为与那个女人的分手费，以后，你能绝对保证不会出现第二个、第三个女人，重新沉迷于纸醉金迷的酒色日子吗？我相信你本人都无法做出保证。你以前就屡次像今天这样表示懊悔，可是你的懊悔从来都是自食其言。我看啊，你将来要是不脱胎换骨，重新做人，这样的过错肯定终究是要发生的。这样一来，就要我来收拾你的烂摊子。为了你的艺术能得到健康的发展，以后每次你和女人分手，永远都要我掏钱吧？"

"你这么说，还是因为你不相信我的自白。我刚才说了，这次我真的是肠子都悔青了。我已经痛下决心，今后不再重蹈覆辙。你也知道，我这个人意志薄弱，所以我不好说'绝对'这两个字，但同样是后悔，我的心境和以前真的不一样……"

"你看看，说来说去，最终还是归结到'心境'上来。即便现实上不到万不得已的地步，但心境上认为已经万不得已了，同样，即使你没有真正懊悔，但心境上认为已经懊悔了。因此，我并不认为这次借钱给你是有意义的。即便你送给我'自白'这样的礼物,不愉快的感觉程度没有任何变化。"

K比以往任何一次都显得不愉快。这也让我极不痛快。为什么我要被你这样胡猜乱想呢?为了这么一丁点小钱,我有必要把自己的弱点暴露无遗吗?K有什么权力根据自己的判断对我的自白、对我说的每一句话如此刨根问底地查问、穿凿、追究呢?——这么一想,让我仇恨憎恶。

二十

"是啊,我的懊悔也许只是单纯的心境,但是这种感受极为真切。我非常认真地向你自白,而你没必要将我的自白彻底推翻吧?哪怕只是心境的表达,也没有任何理由可以让你随意谴责、攻击的。既然自白的本人明确表示这是真实的,你也应该坦率地认为这是真实的。这难道不好吗?"

"我并没有谴责、攻击的意图,只是因为这个自白不是单纯的自白,而是和金钱挂在一起,所以我不能不怀疑你的本意。你事先就把意志薄弱搬出来,给自己安排好了退路,像这样模棱两可的懊悔,有必要特地在借钱的时候提出来吗?你的自白的态度不纯正,所以自白本身也就没有权威性。"

我当然没想到自己的懊悔是"模棱两可"，但听了K的意见以后，逐渐失去自信，竟然也感觉自己"确实就是模棱两可"。好不容易把自我相信"真实"的懊悔犹犹豫豫地推出来，下一步就只剩下"要钱"了。不过这一点倒是真实的。我还是抱着"从K那里能借到钱"的预想，只是为了能够实现这个预想，后来才加上自白，并误将其作为痛切的懊悔的结果。

　　"如果是这样的话，那你一开始就像以往那样，开门见山，就说自己陷入困境，想借钱；就说自己万不得已，想借钱，直截了当，我的心情还好受一些。可是你满腔热情地自白，这就不得不令我怀疑，以至于我们之间的友情不复存在，这完全是你的责任。你一个人，怎么都好说，但为了你，也把我牵扯进去，让我也变得世故起来，我实在无法忍受。——我并不是吝惜这一二百日元的钱，如果你真的困难的话，我会很乐意借给你的。但是，如果因为借贷关系，反而损害双方的人格，这样的钱，还是不借给你为好。你我之间也不是一两天的朋友，长年的交情，你难道还不了解我的心情吗？"

　　K眼睛湿润，感情诚挚，含带哭腔，仿佛觉得他会把一百日元的钞票摔在我面前，尽快结束这场极度绝望的交锋。

　　我听了K的话，为他的真情所动，也不由得泪眼蒙眬。——啊，我是多么可恨的恶棍啊！如此正直、亲切、善良的朋友被我折磨得这般痛苦，我是多么可耻啊？——我恨不得跪倒在K

的脚下，合掌谢罪：都是我的过错，请你宽恕我吧！

二十一

但是，尽管我感动得热泪盈眶，我还是无论如何不肯收回借款的要求。我心中萌生的"要钱"的念头让我欲罢不能。

两个人从下午两点一直说到晚上八点，也没吃饭，激烈交锋。我已经没有别的话题可说了，于是翻来覆去地耍起赖皮："这一次保证还，借给我吧。就一周，这一周我有一百五六十日元的进账。"

"如果一周之内有这么些钱进账的话，稍微等一等也没关系吧。和女人的分手费也不在乎这一两天。"

K虽然嘴上这么说，但是他似乎也明白，给我讲道理已经没用，而且看着我噙泪欲哭的样子，多少也觉得可怜。

"要不这样吧，你既然承认自己意志薄弱，这次你立个字据。——但是，这只是普通的字据，没有约束你的意志行为的效力，所以你要写上抵押担保的物件。"

这次一定是有借必还，如果不还的话，他坚决不答应。——从K的说话口气都能明显地表达他的坚定意志。

"对了，还有一个办法。仲通大雅堂的七人美术展，你有一幅静物在那里展出。你在字据里写上，那幅画一百日元卖给我。那个画展好像是下个月十日结束吧。十日之前你把钱还给我，我就把字据还给你。如果你不还钱的话，那幅画还不错，等于我买了那幅画。"

"那幅画画得不好，挂在你的书房里，我心里不好受。"

我看到 K 这次铁了心，不由得感到惊愕，感觉自己显然受到侮辱，但即便这样，还是没有打消我那卑鄙无耻的念头。

"这么说吧，我不是非要买你那幅画不可，我让你立字据，也没有要把这个东西公之于众的打算。如果有人买你的画，你就卖给他，把钱还给我就行了。你不是一周之内还有钱入账吗，那你还担心什么？——作为我来说，那幅画只是作为抵押物，如果一周以内你把钱还给我，我该多么高兴啊。因此，让你立字据，就是要你这一次真正做到诚信履约。"

立了字据，如果不还钱，那幅油画就要长期挂在 K 的书房墙壁上。——只要看一眼那幅油画，两个人都会感觉不愉快。这种恐惧和不安在两人的心里无法抹去。无论是立字据的一方，还是让立字据的一方，都同样是背水一战。

"但愿我意志坚定。既然已经逼到无路可退的境地，那就要趁此机会，真心做一个让 K 信赖的朋友，让他高兴。"

我一边心里祈愿，一边在字据上盖章。

后来的事情，大家都已经知道，没必要在这里复述。开始还是有点期待，但一周过后，一百五六十日元根本没有进账，光这个还好说，我把那幅画又卖给另外一个人，而且把卖画的钱都花光了。我心想K还不至于把那张字据拿给别人看，所以不当回事。

后来一打听，才知道七人画展结束时，K去了箱根的别墅。K男爵家的管家平时就十分讨厌我，他自作主张，心怀恶意地跑到展厅去取画。向有关部门指控我的大概也是这个管家。可是，我不是还是好人吗？还不是"人是好人，就是有点傻"吗？现在我连后悔的勇气都没有了。不仅对K，也对世间所有的人，进行真正的自白。

"我的确是一个坏人，一个没有丝毫诚意的人，所以，你们最大限度地蔑视我、疏远我、远离我吧！绝对不要接近我、尊敬我。但也请你们相信唯有我的美术才是真正的艺术。请你们认可在我厚颜无耻的心灵里也具有那种出色的美丽的创造力。请你们相信，如果艺术的生命永恒，我创造了它们，那么，我的灵魂才是真实的自我。在我的肉体活在这个世间的短暂时间里，我是个坏人。"

柳澡堂事件

那个青年在某年夏夜的九点半左右前来上野山下的律师事务所拜访 S 博士。

　　恰好这个时候，我在这位老博士楼上的房间里，和他隔着一张大办公桌相对而坐，打算从他的嘴里打听最近的犯罪事件的信息，作为我创作小说的素材。这么一写，读者大概就会猜测到，博士一直都是我的小说的忠实读者，也很欢迎我去采访，会给我提供一些新鲜的素材。不言而喻，比起从写得不深不透的侦探小说中收集资料，我更以极大的兴趣，愿意从这位享有盛誉的刑事律师这里倾听他常年经手的种种繁杂的犯罪的秘密，因为他在法律学上自不待言，就是在文学、心理学、精神病学方面都深有造诣。

　　当这个青年敲门的时候，前面说过，是夏日某天晚上的九点多。那时房间里只有博士和我两个人。博士还是那一副络腮胡子，和颜悦色，亲切地微笑着。风扇从后背吹着他宽松肥大的亚麻布衣服。我则把胳膊倚在窗台上，眺望远处上野山上"常盘花坛"①的灯光，一边吃博士给我的冰激凌，一边就最近报纸社会版刊登的引发热议的龙泉寺町杀人事件聊着种种世人不知的细节。两人全神贯注地谈话，甚至连青年上楼梯本该听见的声音都没有听见，突然听到有人咚咚地敲门，都感觉有点意外。

博士看了一眼门扉，漫不经心地说道"请进"，打算继续和我谈话。

大概博士以为是事务所的勤杂工吧。我也是这样以为的。事务所的员工到傍晚大致都回家了，这个时间里，除了住在楼下的勤杂工，没有其他人事先不打招呼就上二楼来的。而且，本以为还会慢慢转动门把手，结果嘭的一声，鞋子像拖着重物一样踉踉跄跄进来一个陌生的小伙子。

啊，这是怎么回事？大概是犯了大罪的罪犯。

我瞬间凭直觉做出这样的判断，博士当然肯定比我更早地意识到这一点。

当时这个青年的表情比在戏剧、电影上看到的更加凄惨可怕。那一双暴突的眦目瞪着漆黑的眼珠，不论什么样的外行，

---

①常盘花坛，明治至大正时期在上野著名的高级料亭的名称。

只要一看他的这个外表形象，都会觉得肯定是一个异常的罪犯。博士和我顿时脸色大变。我惊慌失措地要从椅子上跳起来。但是，博士对这样的场面已经司空见惯，用手势轻轻地制止了我，沉着冷静，同时保持高度的戒备，警惕地盯着眼前的这个青年。

青年朝着我们相对而坐的大桌子走近两三步，然后突然站住，没有说话，反盯着我们。

"你是什么人？来这里干什么？"博士的口气很温和。

青年依然圆睁双眼，没有立即回答。不，应该说，好像没有立即回答的样子，大概他呼吸急促，以至于无法张口。从他剧烈的喘息、发紫的嘴唇、乱蓬蓬的头发判断，大概这一路上是连滚带爬地拼命跑来，好不容易逃到这里来的。过了一会儿，他闭上眼睛，一只手捂住狂跳的心脏，还在呼哧呼哧地喘息，似乎这两三分钟他在努力镇静兴奋的神经。

他二十七八岁——因为外表脏得一塌糊涂，看上去显老，但不会超过三十岁。他身材苗条消瘦，穿着细碎白色斑点的旧西服，没戴帽子，一头稻草般散乱的头发盖在苍白的额头上，脏兮兮的衣领上系着波希米亚蝴蝶结领带①。起初我根据他沾在衣服肩膀上的颜色斑点，推测他大概是个油漆工，可是很快发现他的面部气质似乎比工人的高雅些。我仔细观察他的长发

①波希米亚蝴蝶结领带，波希米亚人的艺术家、作家被视为无视传统风俗，打破生活习惯，喜欢流浪的人群。其领带往往是他们的标志。

的样子，他的波希米亚蝴蝶结领带的模样，感觉他不像是油漆工，更具有美术家的气质。当青年觉得自己的气喘逐渐平复，紫色的嘴唇逐渐恢复血色的时候，再次慢慢睁开眼睛，但是他的眼珠似乎还在迷梦之中。他不看着博士，只是略微垂着脖子，久久地盯着桌子。桌子上放着我刚才拿在手里才开始吃的冰激凌杯子，还有一部电话座机。他一直用一种很稀罕的目光久久地注视着冰激凌杯子。这个瞬间，我推测他一定口渴难耐，翕动着喉咙，想吃这冰激凌吧。可是，接下来的瞬间，我显然发现我的推测大错特错。为什么呢？因为他注视冰激凌的目光与其说是"稀罕"，不如说已经含带"深度怀疑"的神色，眼看着他的脸上开始弥漫难以言状的恐怖表情。就像观察到怪物的真相时那种怯弱的眼神，又满腹疑虑地盯着黏稠的一坨冰激凌。接着，他又向前跨一步，更加细心精微地端详着杯子里的冰激凌，然后终于放下心来似的轻叹一口气。博士一直静静地观察青年那些至少让我无法理解的动作，这时大概觉得时机已到，还是语气温和地再次问道："你是哪一个？来这里有什么事？"

博士刚才询问的时候使用"御前"，这次使用"君"①来表达"你"的称呼，可见博士也和我一样，察觉到这个青年并非卑微的工人。

---

①日文中，"御前"和"君"都是"你"的意思，用以称呼同辈或晚辈的对方，但后者比前者略显亲昵。

青年使劲咽下一口唾液，眨了两三下大眼睛，然后回头小心翼翼地看着刚才进来的房门，好像感觉有什么危险逼将过来，一副坐立不安的样子，似乎身后有什么可怕的东西追赶上来。

"啊，没有事先联系，突然闯进来，非常抱歉……"

青年终于手忙脚乱地低头，草率地行礼表示歉意。

"您是——对不起，您是 S 博士吗？我住在车坂町，名叫 K，是一个画画的。刚才去了前面的澡堂，回去的路上就到这里来了。"

没错，他的右手还拿着毛巾和肥皂盒。从他穿着西服上澡堂洗澡来看，他也就是这一身衣服，连替换的浴衣都没带。虽然他的长头发的发梢含着湿润的水汽，但是他的手上、脸上并没有出现刚刚洗完澡那样红润明亮的色泽。

"……我刚才就是想无论如何要见到您，便从澡堂一路狂奔过来。本来也想让别人代为转告，可是没有其他人……因为非常惊慌着急，所以事先没有联系，擅自闯上来。失礼之处，再次表示歉意。"

他的语气开始逐渐镇静平稳下来，但眼睛里依然飘浮着不安，没有消失。我明显看出来，他越是着急让自己的语气缓和下来，就越刺激他神经的兴奋。他把右手的肥皂盒放进衣兜里，一边双手拧绞着湿漉漉的毛巾，一边语速极快地、用有点听不清的嘶哑声音说了上面这一番表示歉意的话。

"那么，你找我有什么急事吗？——哦，你坐在那儿吧，慢慢说。"

博士让他坐在椅子上，同时看着我，说道："这位是我极其信任的人，你不要担心。有什么话，你尽管说。"

"嗯，谢谢。是这样的，今天这起事件特别要讲给您听，不过，在我说出来之前，无论如何必须求您一件事。今天晚上，也许我会犯下杀人之大罪。我是说也许，就是说，我自己也无法明确判断是否真的杀了人。我刚才听到很多很多的人指着我，异口同声地说我是'杀人犯、杀人犯'，我就是听到这种声音，才急急忙忙跑到这里来的，或许后面还会有人追过来。但是，我再一想，其实这一切都是无影无踪的梦，难道不过是我的幻觉吗？这与今夜杀人这个事实，所有的地方都不合逻辑，而且我一直就有经常产生幻觉的毛病，所以，今晚发生的事情究竟几分是真的，我自己也完全说不清楚。也许杀人案件真有发生，但凶手不是我。或者说，也许根本就没有发生杀人案。也许我听见别人叫我'杀人犯、杀人犯'，也许背后有人追我，这一切全都是我的错觉。我并非逃避自己的罪责才这么说的。我想就今晚的杀人事件毫无保留地向您坦白，请您判断我究竟是不是可恶的杀人犯。同时，如果今晚的杀人的确是事实，而且凶手就是我的话，也请您证明我并不是黑心的恶人，我的罪过只是幻觉在作祟。我刚才说请求您的事情，就是万一我在讲述的过

188

程中，有人追上来，在我没有讲完之前，请您不要把我交给警察。——我相信，像我这种病态的人，在不可抗力的威胁下实施犯罪行为，只有先生您才能理解我的心态，为我辩护。即使没有今晚这起案件，我也一直想有机会前来拜访先生。那么，你是否接受我刚才的这个请求呢？我的讲述可能时间比较长，能否把我藏匿在这间屋子里，直至我讲述完毕呢？当然，待我讲完以后，如果的确证明我有罪，我发誓会堂堂正正地前去自首……"

青年一口气讲了上述这些话，战战兢兢地充满敬意地看着温和而目光锐利的老博士的表情。我似乎看见在这刹那间，博士的脸上充满前所未有的严峻又敏锐清晰、不愧是学者般的品格和权威，他还是那样热心地望着对方，不论对方是否是可恶的罪人，但大概认为他无疑是一个正直的年轻人。博士显示出宽容的态度，说道："好，在你讲完之前，我保证你的人身安全。但是，好像你精神特别兴奋。我想，你要平静地、明白易懂地讲述。"

"嗯，谢谢。"

青年的口气略带感伤，然后才坐到椅子上，和我们一起，恰好三个人围着一张桌子，慢慢开始如下的讲述：

"在讲述今晚的事件之前，我想从哪里开始切入话题合适呢？事件的起因在哪里呢？什么时候开始的呢？我越想越复杂，觉得几乎追溯到无尽遥远的过去。要仔细讲述今晚事件的本质，也许要在这里和盘托出我个人的全部生涯，或者可以说，甚至不详细说到我的成长过程、父母亲的特征，就说得不完整不充分。但是，没有时间在这里毫无遗漏地冗长叙述，所以，我只能先是简单地介绍一下我的疯癫的血统。我十七八岁开始身患相当严重的神经衰弱，现在以创作油画为职业，但由于画艺不精，生活极度贫困。在你们了解我的背景之后，再听我以下的讲述，我想至少先生您就能明白我所见过的不可思议的世界、所经受的苦闷的本质究竟是怎么回事。

"刚才我说过，我住在车坂町，电车通道后面的净土宗寺院正念寺里面。我租借寺院的联排屋居住，从去年年底开始，和某个女人同居。'某个女人'——是的，要说亲密的程度，可以称之为'妻子'，但是，她与我的关系与普通的夫妻关系大相径庭，所以，我还是称她为'某个女人'比较合适。不，还是叫她的名字吧——瑠璃子。下面我叙述的事情中，会经常提到她的名字。

"从某种意义上说，我因为瑠璃子，瑠璃子也因为我，两人才沦落到今天这样穷困潦倒的地步。但是，我无怨无悔，而瑠璃子颇为不满。她的心里一年到头总纠缠着一个苦闷的念头，认为自己在日本桥当艺伎的时候，要不是和自己这个痞子私奔的话，现在早就被有钱人赎身，过着吃香喝辣的日子了。我对她至今还疯狂地疼爱，可是这个女人生性淫乱，水性杨花，早就对我厌恶了。她经常故意找碴儿和我吵架，然后离家出走，有时候没事也跑到她的男朋友那里，到三更半夜也不回来。她还故意做一些事情，刺激我本来就嫉妒心很强的神经。这种时候，我几乎就是一个真正的疯子。我非常清楚地知道自己发疯的程度。有时候火气上来，怒不可遏，就揪住她的脖颈上的头发，拖着她像陀螺般旋转，又打又骂，甚至丧失理智，几次想杀死她。但是，瑠璃子绝不是一个胆怯懦弱、屈服就范的女人。而且有时候我还会跪在她跟前，双手合掌，额头磕地，哀求与她和睦相处。我的这种卑躬屈膝的态度反而助长她的傲慢和任性。当然，她之所以变成这个样子，不能说我没有过错。我本来就神经衰弱，去年又患上严重的糖尿病。这样，我虽然也想在肉体上爱她，但心有余而力不足，无法满足她的生理需求，我无疑是两人的不和越来越大的主要原因。其实，对于她这样身体健康、轻佻多情的女人来说，也许是一种难以忍受的痛苦。于是，以身心健康而自豪的她也不知不觉间变得严重的歇斯底里，动辄发怒，脾气暴躁。如樱花般红艳鲜活的脸色也逐渐发青变白，消瘦衰弱。我见她这个样子，既伤心又愉快。我的心情变得颓废、病态。瑠璃子则通过她的歇斯底里以成倍的势头加剧我的神经衰弱朝更坏的方向发展。

"先生大概知道糖尿病和神经衰弱有着怎样密切的关系，知道胖人得糖尿病其实不是那么可怕，而像我这样的瘦子得糖尿病才是极其危险。像我这样，究竟是糖尿病加重了神经衰弱，还是相反，先后顺序弄不清楚，但总而言之，两种病纠缠在一起，日益损毁我的身心。

"我每天没日没夜地想着瑠璃子，产生各种各样奇异的妄想，心头总有幻觉侵袭。无论是睡是醒，总是梦见千奇百怪的幻梦。其中最令人恐惧的是，我自己会不会被瑠璃子杀掉。即使这样，我并没有对艺术完全绝望。我平时就不停地祈求，我现在依然沉溺在对瑠璃子的爱情里，但至少要在这世间留下一张精彩的艺术油画再死去，这样也不枉费我来到这世上一场的价值。我坚信，不论我过着怎样堕落颓废的生活，艺术的生命是不朽的。如果我不幸被那个女人杀害，那么我留在这世界上的足迹就会被永远埋葬。这对我来说，是最为可怕的事情。也许由于我一直想着'说不定今明天就会被杀死'的缘故，我始终受到极其恐怖的幻觉的威胁。半夜醒来，经常想到瑠璃子悄悄地骑在我身上，手里拿着冷飕飕的剃刀对着我的咽喉，或者我的眉心滴滴答答地鲜血流淌，或者她在被头的地方涂抹上奇怪的麻醉剂……这样的场景好像亲眼所见，感觉马上就会昏厥过去。

"但是，瑠璃子对我的暴力，从来就没有还手过。她是一个性格扭曲乖张、刻薄残忍的女人，但不论我怎么折磨，她就像死人一样，精疲力竭，嘴唇上浮现出一丝冷笑，任凭我踢打，没有丝毫的反抗。她的这种态度促使我的心更加狂暴，更加残忍。她总是咬着牙忍耐，对我的踢打无动于衷，一副绝不屈服的倔强态度，这让我更加惊骇胆寒。偶尔她罕见地对我显示出温和的态度，反而让我戒备提防。她端给我的一杯酒、一碗汤，我都不敢随便喝下去。于是，我想，与其被她杀死，不如我主动杀死她，这样对我更安全。我已经感觉到，是我被杀还是你被杀，这一场你死我活的充满血腥的罪行正在我们两人之间酝酿，这已经是明明白白的事实。

"我本来打算在今年秋季的画展上展出一幅以她为模特儿的裸体画，但由于上述原因，自然工作一直没有进展。从上月末开始，我们几乎每天吵架，我根本没时间拿画笔。我的病态脑子，再加上工作上的失意带来的自暴自弃，我越来越对自己的生活感到绝望。这半个月里，我每天所做的事情就是怎么打骂、疼爱、崇拜、哀求瑠璃子，翻来覆去。一天之中，我对她的感情变化无常，前一刻还使劲揍她，下一刻突然不顾一切地抱着她痛哭流涕，如果她还不听话，就再次开始又打又踢。经过这样闹腾以后，她肯定扭头出门，不知去向，一天半天，有时候到第二天早晨还不回来，这已经是家常便饭。我一个人孤孤单单留在家里，连哭泣、生气的力气都没有，抱着疲惫不堪的麻木脑袋，昏昏沉沉地躺着，迷迷糊糊地守着流逝的时间。

"四五天前，我们又吵了一架。那天吵得比以往任何一次都凶，我是以破罐子破摔的疯狂残暴的态度动武的。从那个样子来看，完全就是一个真正的疯子。从傍晚开始吵起，一直持续到晚上九点左右，我把她打得半死不活。她披头散发，有气无力地倒在檐廊的地板间，我瞧她一眼，一溜烟儿跑到大街上，漫无目标地四处乱走。我为什么要跑出家门呢？因为我想到瑠璃子大概很快就会离家出走的，我不愿意看到这样的情景，倒不如自己率先出门。

"我至今还记不得究竟走了哪些地方，好像穿过上野的昏黑的森林，来到动物园后面的池塘边上的时候，我的脑子才逐渐清醒过来，叹了一口气。大概热疯的脑袋接触到清冷的空气，心情感觉舒适，便不由自主地朝着人少、安静的方向走去。从纳凉博览会①前面经过，踏上观月桥往上野方向走去的时候，我的神志有所清醒，模模糊糊地知道自己刚才都干了些什么。同时，大概由于刚才丧心病狂的暴力，就好像从高处跌落下来一样，浑身关节疼痛。我的意识一半还处在梦境之中，蒙蒙眬眬，含混不清。脑子里面，所有人的感情仿佛都被大风吹得无影无踪，没有留下一丝一毫。一想到刚才吵得一塌糊涂、被自己凶残暴打的那个女人，就像远方传来的声音，时断时续，在脑子里闪现，但目不转睛地凝视她的身影，既没有迷恋也没有悲伤的感觉。

---

①纳凉博览会，指 1907 年由东京劝业协会在上野公园举办的纳凉博览会。

194

"后来，我走到人们熙熙攘攘、灯光明亮的热闹街道。嗯，我走到哪里了？一看，原来是广小路的电车通道，商店鳞次栉比，乘凉的人们来来往往，我挤在他们中间，摩肩接踵，漫无目的地信步走去。——大概那天是摩利支天①的祭祀日吧，不然的话，星期六晚上怎么会有这么多人出来参观博览会呢？虽然平时这一带也很热闹，但我觉得那天晚上的人特别多。——不管怎么说，那天夜晚，我眼里所见的那条街道的景象就是热闹异常。那种喧杂热闹并没有让我感到多少眼花缭乱，绝对不会搅乱我的脑神经，仿佛有一种倾听交响乐般的华丽、开朗、优美的快感。我这个人不喜欢人多喧闹的地方，但那天晚上大概由于神经糊涂的缘故，才会产生那样的感觉。在我的前后左右嘈杂晃动的各色各样的行人、色彩、音响、光线等，都在我的脑子里没有形成一个明晰的印象，只是像幻灯画那样朦胧流过。当时我的心情肯定就是这样的流畅舒展，就像我独自从危险的高处俯瞰下界拥挤堵塞的景象时的心情一样。孩提时被母亲训斥后，哭泣着跑到街上，泪水模糊了眼睛，看到的一切景象都是朦朦胧胧，非常遥远的感觉。那天晚上，我看到的也就是这样的景象。

---

①摩利支天，藏传佛教中，被视为观世音菩萨的化身，具有广大的功德之力，佛教的守护神，能消灾除障、招福开运。上野广小路的德大寺里供奉有据说是圣德太子建造的摩利支天像。

"后来——对，大概三十分钟以后，我从广小路大街慢慢返回车坂的家里，当然我没有明确的要回家的意识，说不定还会顺脚向浅草公园走去。不过，先生您知道吧，从车坂的汽车站右拐，沿着电车通道走五六间，左边有一家名叫'柳汤'的澡堂。我走到澡堂前的时候，就想进去洗澡。事先说明一下，以前觉得脑子混乱不堪的时候，就有泡澡的习惯。对我来说，精神的忧郁和肉体的不洁完全是同一种感觉。当心情惆怅悲伤的时候，体内的污垢堆积，就会散发出恶臭。当心情极度悲哀时，不论洗多少遍澡，感觉也无法洗掉积攒在体内的污垢。我这么说，给人一种我一年到头整天泡澡、有洁癖的感觉，其实呢，我心情的沉闷已经让我大多时候失去泡澡的勇气。长期以来，由于习惯于精神的忧伤郁闷，反而产生一种对肉体的不洁感到快乐的心情。——难以描述的怠惰、懒散、污泥浊水般的心情。对这种心情，我甚至感觉到一种亲切的怀念。那天晚上走到柳澡堂前面时，就想进去洗掉积攒半个月的黯淡情绪，让自己的心情稍微清爽一些。

"无论是洗澡还是理发，都没有固定的店铺，我的习惯是，就在大街上闲逛，看当时的心情，觉得合适，就进去。请您就这么认为，那天晚上，我刚好衣兜里有十钱硬币，就随意跨进那家澡堂子的。进去以后，我发现自己以前没来过这里。不，坦率地说，那天晚上我经过这里之前，根本就没发现这儿原来还有一家澡堂，或许也曾经发现过，但已经忘得一干二净。

"我还要再说明一下，我从家里跑出来的时候是九点多，那么过去多少时间了呢？我想至少有三个小时吧。夏天不管多晚，澡堂总是和傍晚差不多，浴客拥挤，吵吵嚷嚷，热气腾腾，一切都看得朦朦胧胧，所以我也不知道这澡堂有多大。冲澡踏板、水桶等都滑溜溜黏糊糊的，可见并不是特别干净的澡堂。也许因为已是半夜，还有这么多的人进来，才变得这么脏的吧。由于浴客多，要拿到一个小木桶都不容易。要说浴池，更是拥挤不堪，就跟下饺子一样，一个挨着一个，都是赤裸裸的身子。我的周边就有五六个人抓着浴池的边缘，寻找机会打算从光溜溜的肩膀中间挤进来。

"我也没想到这挤，一时无奈，只好用澡堂里借来的毛巾撩起热水浇到背上，很快发现正中间的地方有一点儿空隙，连忙勉强挤了进去。浴池的热水不热，温暾水一样，像唾液一样温乎的，身体的污垢般的臭味扑鼻而来。我的前后的浴客的脸和皮肤，模模糊糊，让我想起卡里埃①的画，感觉飘荡着无数的幻影。刚才说过，我挤进去的地方恰好在浴池的正中间，所以我除了热气腾腾的雾气之外，别的几乎都看不见。看天花板，

---

①卡里埃（1849—1906），法国画家。主要描绘家庭生活、母子关系及名人肖像。其画风阴暗，模糊难辨，色彩几乎只有看似褪色的黑白两色。代表作《亲爱》《病孩》《保罗·维莱纳像》《贡库尔》等，均收藏于卢浮宫博物馆。

是水雾；看前面，是水雾；看左右，也是水雾，只有我身边的五六个人的轮廓如幽灵般迷迷蒙蒙。这个时候，如果没有男女浴室两边吵吵嚷嚷的人声鼎沸，如果没有水蒸气笼罩的高高天花板产生的圆顶反响的噪声，如果没有包裹着我肉体的微温池水的触感，如果没有这些东西，我就和置身于深山峡谷的浓雾里没有什么两样。实际上，当时我就和在广小路的人群中漫步的感觉一样，诱惑着我进入不可思议的孤独的梦境一般舒坦的气氛。

"泡在浴池里的时候，我更强烈地感觉这个澡堂很不干净。无论是浴池的边缘，还是浴池的底部，还有那微微泛动的温水，一切都是滑溜黏糊，就像嘴里舔吸的东西那样黏糊的土味。我这么说，好像我的感觉极其不愉快，其实，并没有那么难受。在这里，我要向先生您坦白我的一个异常的性癖，也不知道为什么，我生来就非常喜欢接触这种黏糊糊滑溜溜的物体。

"比如这个魔芋，我从小就喜欢得不得了，但是它的味道未必好吃。我用不着把魔芋放进嘴里，只要手摸一下，或者只要看一看那微微颤动的样子，就会感受到一种快感。还有凉粉、麦芽糖、软管牙膏、蛇、水银、蛞蝓、山药汁、胖女人的肉体——这一切，不管是吃的还是别的什么，都同样撩拨我产生快感。我想，我之所以喜欢绘画，大概也是因为对这些物质的爱恋逐渐强烈的结果吧。您如果看过我创作的静物图就会知道，

198

我特别擅长沟泥那样黏糊糊的物体、麦芽糖那样黏的物体，甚至画坛的朋友还给我起个名称，叫'黏滑派'。我对黏滑物体的触觉尤其发达，芋头的黏滑、鼻涕的黏滑、烂香蕉的黏滑，只要闭着眼睛摸一下，就能猜中是什么东西。因此，那天晚上，我泡在脏兮兮的黏滑的温水澡里，脚踩着黏滑的浴池底，真的让我产生快感。于是感觉自己的身体也渐渐变得黏滑起来，再看周围泡澡的其他人的皮肤，也都像浴池里的温水一样黏滑光亮，真想伸手摸一把。

"就在我如此感觉的时候，我的脚底好像踩到一个什么东西，像生海带那样光滑，像鳗鱼那样滑溜，一种更加黏滑的物体。仿佛在古老的沼泽里，一脚踩到青蛙尸体那样的感觉。我用脚尖试探一下，就像海藻缠绕，那东西从两边的脚踝黏了上来，接着，好像是更加黏滑的、块状的流动体冷不丁抚摩我的脚面。我起先以为是皮肤病人贴的膏药或者是炼制丹药，与纱布一起沉到水底溶化变软的东西，但我继续探索，发现不是小东西，而且踩着这个流动的物体走两三步，黏滑度越来越大，一个橡胶一样鼓起的沉甸甸的物体柔软光滑地隆起来，它的表面包裹着一层痰一样的黏液，我铆足劲儿往下踩，哧溜一下滑走了。再使劲踩下去，鼓起的东西更大地膨胀起来，到处都有凹陷的部分，然后继续鼓胀到一米多的长度，高低滚动，在水底漂浮不定。这东西的样子太古怪了，我想用手把它提上来，可就在这个瞬间，我的脑子里突然掠过一个念头，不寒而栗，连忙把手缩回来。缠在我小腿上像海藻那样的东西会不会是女人的头发啊？这个想法在我心中一闪。……女人的头发？对，就是女人的长头发缠绕在我脚上。那么，那个橡胶一样鼓起的沉甸甸的物体肯定就是人体。一具女人的尸体在浴池的水底漂动……

"不，不会有这种不合常理的事情。现在浴池里不是还有很多人也在泡澡吗？大家不都没有感觉异常吗？我虽然改变了想法，但那个东西依然缠绕着我的小腿，脚下的东西还在继续鼓胀。我的触觉异常敏锐，即使是脚掌，怎么会出现判断错误呢？——这就是人，而且是女人的尸体，对我来说，这样的判断已经毫无疑义。为了慎重起见，我又从头到脚重新踩了一遍，没错，绝对没错。圆形的东西像脑袋，下面是细长凹陷的脖子，再下面是高高的、像山丘一样隆起的胸部，然后是乳房、腹部、两腿，完全具备人的形状。当然，这时我怀疑自己是不是在做梦。如果不是做梦，应该不会有这种诡异的事情。我在哪里呢？也许盖着被子正在睡觉吧？于是我再次环视周围，还是和刚才一样，一切都朦朦胧胧地笼罩在水汽里，人们照样大声嘈杂地说话，自己身子前后有两三个浴客的轮廓如幻影般浮现在迷蒙的水雾里。水蒸气形成这种雾气腾腾的世界，简直就是一种腾云驾雾的梦境。我想，这是梦。是梦。一定是梦。不，我心里其实还是半信半疑，只是我狡黠地硬说是梦。我暗中祈盼，如果是梦的话，就不要醒来，就让我看到更加不可思议的梦中世界，就让我看到各种有趣的、无法解释的梦境。一般人都希望从梦中尽快醒来，这是人之常情，但是我恰恰相反。因为我赋予梦很大的价值，认为是值得信赖的——说得极端一点儿，我不是基于现实，而是基于梦而生活——所以，当我发现这是梦的时候，不会因此失去现实感。做梦，正如吃美食、穿好衣一样，具有某种现实性的快乐。

"我怀着贪恋梦中趣味的心情，依然用脚拨弄尸体。然而，不幸的是，这种趣味并没有持续很久。因为我很快发现比一场梦更加恐惧可怕的事实！——我脚底敏感的触觉——啊，多么不祥的命运的触觉！——我不仅感觉出来这是一具女尸，而且还告诉我这个女人是谁！那海带般光滑地缠绕小腿的头发——非常丰满浓密，像风一样轻轻飘动的头发，不是她的头发，那又是谁的？我最早爱上她，就是因为她有一头丰盈美丽的青丝。这是我无论如何也不会忘记的。还有，那如棉花般柔弱、蛇身般光滑的肉体——如同涂抹着葛根汤般黏滑光亮的肌肤——如果不是她的，那又是谁的？接着，我的脚掌触摸到鼻子的形状、额头的形状、眼睛的位置，甚至嘴唇的位置，都清清楚楚地浮现在眼前。对！无论如何，绝对不能自我欺骗，她就是瑠璃子。原来瑠璃子死在这里。

"这时，我算是暂时解决了浴池里的怪异现象。我并不是在做梦。我是在与瑠璃子的幽灵会面。一般地说，幽灵威胁人的视觉，但对于我来说，是威胁我的触觉。我无疑断定，我接触到她的幽灵。我刚才跑出家门之前，把她打得半死不活。我肯定当时失手误杀了她。她有气无力地倒在檐廊的地板间，没有起来，实际上当时已经死了。然后，她的幽灵出现在这家澡堂里。要不是幽灵的话，这么多人洗澡，不至于没人发现。

"我终于杀人了！人生必有一次的犯罪终于在今晚实施了！当这个想法闪现在我心头的时候，我毛骨悚然，一下子跳出浴池，随便冲一下，就逃到街上。外面依然热闹非凡，乘凉的人们依然在周边悠闲地散步，电车一辆接一辆神气十足地驶过，仿佛证明，除了我之外，外面的世界没有发生任何变化。

"有气无力地倒在檐廊地板间上的瑠璃子的姿态与沉在浴池水底黏滑的尸体的触感纠结成一团缠绕在我的脑海里。之后的两三个小时，我怀着凄惨的心情在深夜的大街上漫无目的地徘徊游荡，直至人静沉寂。这些情况，先生您大概已经知道。

"我终于决心无论如何先回家一趟，确定这起恶性事件的真相，一旦断定自己就是杀人犯，准备明天堂堂正正地自首。我不得不相信，尽管我以外的世界没有发生任何变化，但至少瑠璃子不再活在这个世界上。其实，在当时的情况下，我的这种想法是极其自然的。如果瑠璃子还活着的话，那么，浴池底部的沉尸就不是她的幽灵，这就变得更不自然了。

"那天，我很晚才回到家里，奇怪的是，瑠璃子竟然活得好好的。平时一吵架，她老一套的做法，就是离家出走，但是因为那一次我打得太狠，她连身子动弹一下的力气都没有。我回去的时候，她依然昏昏沉沉地趴在檐廊地板间上，一头浓密黑发乱蓬蓬的——可是，她确实活着。我甚至觉得或许这本身就是幽灵。可是，确实活着。直至第二天拂晓，到了早晨，她还是在我的身旁。当然我没有把澡堂里发生的事情告诉她。如果世上有'生灵'①的话，我认为，那昨天晚上的一定就是生灵。我见过许许多多奇奇怪怪的幻觉，但如果把昨晚的尸体视为单纯的幻觉的话，我觉得过于不可思议。除了我之外，有没有一个人像我这样遇见过如此不可思议的幻觉呢？

"此后，我每天晚上都在同一时间去那家澡堂，今天是第四天。可是您说怎么回事？那具尸体每天晚上都在浴池底部，还是黏糊糊地缠绕我的小腿，舔着我的脚掌。浴池里照样人声嘈杂，拥挤不堪，水雾蒸腾，一切都在朦胧之中。我以前都是用脚掌接触探索，已经无法这样忍耐下去，今晚我一狠心双手伸进尸体的腋下，猛力从池底一把提了上来。啊——我的想象没有错。正是她的生灵。身子在滑溜溜的水垢里发亮，眼睛和嘴

①生灵，亦称生魂。指活着的人的灵魂出窍作祟。

203

巴张得大大的，湿漉漉的头发像拖把布一样垂下来，浮在水面上的女尸分明就是瑠璃子的模样。

"……我慌慌张张地把尸体再次摁回池底，然后不顾一切地跃出浴池，急急忙忙地换好衣服，向门口逃去。就在这时候，整个澡堂一下子乱了套，刚才还在安静洗澡的人们都迫不及待地站起来，开始大叫：'杀人了！杀人了！'我还听到有人叫喊：'就是那家伙！就是那家伙！刚才穿衣服跑出去的那家伙！'我惊魂未定，一口气绕过好几条小胡同，终于跑到这里来了……

"我想说的话就是这些，我绝没有撒谎。我起先觉得那具尸体是梦幻，后来怀疑是幽灵，最后相信是生灵，但看到今晚那么多人乱成一团，那既不是生灵，也不是幽灵，就是名副其实的她的尸体吧。我真的像他们所说的那样'杀人了'吗？如果是这样的话，我是在什么时候、用什么手段杀死她了呢？我就像梦游病人那样在自己毫无意识的情况下犯罪的吗？而且，她的尸体沉在浴池的水底又是怎么回事呢？我前几天就知道水底有尸体，为什么别人到今天都没有发现呢？还是说之前的所有事情都只是我的幻觉呢？难道我就是一个不折不扣的疯子吗？

"先生，请您给我解释一下这不可思议的事实。如果我是罪犯，也请您向法官证明我的申述是真实的。我今晚从澡堂跑出来的时候，忽然想到唯有先生您才能理解我的不可思议的状态，

204

所以一口气跑过来，请您帮忙。"

青年的自述到此结束。S博士听完后，表示想带着青年一起去柳汤澡堂实地调查，否则无法知道真相。然而，其实没必要这么费事，几个警察一直追赶青年，终于追到这里来了，不由分说地就把青年带走了。据警察对博士说，这个青年当天晚上在浴池里忽然抓住一个男子的要害处，致其死亡。这个男子一声没哼就断气了，沉到池底。这种死法实在出其不意，加上澡堂里拥挤嘈杂，水雾朦胧，一时没人发现。当青年把尸体提上来的时候，被一个浴客看到，于是大家就乱了起来。

青年的情妇瑠璃子当然没有被杀。她后来作为证人出庭，我听担任辩护律师的S博士说，她在法庭上的陈述足以证明青年是一个怪异的疯子。

她这样叙述青年平时的言行。

"我之所以厌恶他，不是因为他没有收入，但即使如此，我也没有去找别的男人。真正的原因是他日益剧烈的发狂行为令人害怕。最近，他总是对我提出我无法接受的古怪要求。说是自己亲眼看到根本就是子虚乌有的事情，刁难我、虐待我、折磨我，而且折磨的方式又是千奇百怪。例如将海绵球浸泡肥皂水，涂在我的眼睛、鼻子上；将滑溜溜的海萝摔在我的身体上，然后用脚踩；将颜料使劲塞进我的鼻孔里，他喜欢用这种极其荒唐的方法欺负我。我要是乖乖地顺从他，当他的玩具，他心情就会好一点儿，但如果稍微表示厌恶或者反抗，他就立刻火冒三丈，对我拳打脚踢，使用暴力。我无法容忍和他生活在一起。"

看来她根本就不像是青年一直认定的水性杨花的女子。据 S 博士的观察，其实她是一个善良正直、缺少决断力的女人。

不久，青年没有被送进监狱，而是被精神病院收容。

恐　怖

我得这种病，好像是在六月初，那时候在木屋町赁居，每天喝酒到深夜。——其实，以前住在东京的时候，记得也得过几次，又是戒酒，又是冷水擦身，又是吃健脑丸，才好不容易治好了。但是，来到京都以后，重新过上不规律的生活，结果不知不觉地旧病复发。

　　据朋友N说，我这病——现在想起来都觉得厌恶、恶心、不祥、荒唐，这是一种名叫Eisenbahnkrankheit（铁道病）的神经系统的疾病。说是铁道病，但是，跟我作对的这家伙，与女性常有的那种晕船、晕车的晕眩完全不同，感觉到一种痛苦和恐惧。我坐上火车，只要一听见汽笛声，一感觉车轮哐当哐当地转动，遍布全身的血管的脉搏就像受到烈酒的强烈刺激，一下子同时奔腾地冲上脑门，于是浑身皮肤渗出冷汗，手脚冰凉颤动。如果这时候不采取急救措施的话，血液——全身所有的血液都从颈部涌向上面窄小坚硬的圆形部分——脑髓，像充气饱和的气球，随时都有破裂的危险。尽管如此，火车始终以其旺盛的活力在铁轨上勇往直前，迅猛奔驰。——仿佛对一个人的生命根本满不在乎，烟囱喷吐出火山般的煤灰，发出轰隆隆冷酷而豪迈的轰鸣声，穿越黑黢黢的隧道，跨过长长的险要的铁桥，奔腾在川谷原野，环绕过树木森林，没有任何的犹豫迟疑，呼啸着勇往直前。而乘客们悠闲自在地看报抽烟，打盹儿休息，怀着好奇的目光眺望窗外变化无穷、眼花缭乱的景色。

"谁来救救我呀！我现在已经脑出血，快要死了。"——我脸色铁青，像临终前急促地大口喘气，在心里大声呼救。我跑进盥洗室，用凉水浇头，然后紧紧趴在窗框上，用尽浑身力气踩踏地面，拼命进行最后的挣扎。

我只有一个念头，就是想尽快逃离火车，就像被扔进监狱里的犯人那样狂暴，我使劲敲打车厢壁板，都没发现拳头出血。到最后，我都想打开正在行进的车门跳下去，都想不顾一切地摁响紧急报警器。但是，我还是最大地忍耐，坚持到下一站。我狼狈不堪地仓皇下车，从站台走向检票口，觉得自己的形象实在可怜可悲，惨不忍睹。一到车外，奇怪的是，我的狂跳的心脏立即平稳下来，担惊受怕的影子一层一层地剥去。

我的这种病，当然不只是乘坐火车，电车、汽车、剧场——只要遇到凡是足以对我的极易敏感受惊的神经构成威胁的具有强烈刺激的运动、色彩、嘈杂，都有可能随时随地发作。电车、剧场比较好办，自己一旦感到害怕，可以立即逃到外面去。但只有火车把自己推到 Madness（疯狂）的地步。

发现这个病不知不觉地重返自己的身体是在六月初，那一次是在京都，坐在摇摇晃晃的电车里。我当时决定不坐火车，待到疾病自然好转痊愈以后，再回东京。而且，这个夏天还必须进行征兵体检，我也打算就在京都附近、不用坐火车去的地方接受体检。

可是一查询，京都附近的所有体检的地方，因为我的申请提交太晚，无法体检。不过，在住友银行工作的朋友 O 君的鼎力帮忙下，可以去阪神电车沿途上的一个渔村接受体检，于是在体检的两三天之前，把我的户籍转过去。我记得在那里体检是六月中旬。

如果在兵库县内，不用坐火车，坐电车就能到达，这要比把户籍转回原户籍地东京方便不少，所以我心里很高兴。六月十二日中午，我拿着日本桥的区役所给我寄来的户籍誊本和印章，揣在怀里，前往五条车站。

这一天，骄阳似火，势焰炽盛，照射在京都干燥而尘埃弥漫的街面上，晴空刻薄地过滤掉一切颜色，只剩下深邃的湛蓝。我身穿和服单衣，外罩沙罗短外褂，坐在人力车上前往车站，从长发覆盖的鬓角流淌下血一般黏糊糊的汗水到脸颊，渗到衣

211

襟。从五条桥遥望爱宕山，阳炎从山麓朦朦胧胧地升腾，恰似从熔炉底部冒出热气，笼罩着远处的山林绿野，隐约可见。而近处城市的屋脊、石墙、加茂川的河水都涂抹上鲜明的强烈的色彩，简直不忍直视，像浓艳的油漆，刺穿我的瞳孔。车子在售票处前停下来，我正要下车，和服下摆粘在汗水津津的小腿上，脚迈不开步，差一点儿被绊倒。

我相信，坐电车应该没问题的……强迫着让自己放下心来。我的神经已经无法经受酷热的威胁。虽然买了去天满桥的车票，但还是要先休息七八分钟，等自己的神经镇静下来，有气无力地坐在长椅上，像乞丐一样望着大路发呆。

电车，似乎比大街本身更坚固的电车，如关闭猛兽那样制造出来的黑暗而厚重的电车，一辆接一辆响着呜呜的叫声从大阪方向驶过来，吐出许许多多的乘客，然后吞进许许多多的乘客，再返回大阪。每隔两三分钟，就有一趟往返的电车。我几次鼓足勇气站起来，可是一走到检票口，就像受到恐怖的命运的诅咒一样，双腿发软，心跳加速，又摇摇晃晃地回到原先的长椅上坐下来。

"先生，坐我的车吗？"

"说什么呢？我在等人，因为我要去大阪。"

我打发走人力车夫后，还是坐在长椅上，不想动。

我刚才回答车夫说"因为我要去大阪"，可是自己听起来感觉是说"快要死了"。我就像《罪与罚》里用手枪对着自己太阳穴的 Svidrigailoff（斯维德里盖洛夫）那样叫喊："If any one should ask you, say I've gone to America！"（如果有人问你，就说我去美国了）如果我也说"因为我要去大阪"，然后当场昏厥过去，那个车夫该多么惊恐啊！

看了一眼挂钟，现在是一点。村公所的办公时间大概是到三四点吧，所以今天无论如何必须办完这个手续，否则无法去体检。朋友这样出力帮忙，不能辜负他的一番心意。我忽然想出一个办法，便到附近的卖洋酒的店铺买了小瓶装的苏格兰威士忌。于是，我倚靠在长椅上，咕嘟咕嘟大口喝起来。

按照我以往的经验，我相信，一旦借助酒力使神经暂时麻痹，基本上就会消除恐怖的感觉。我相信这一点甚至达到迷信的程度。喝得酩酊大醉，稀里糊涂地坐进电车，在这种昏昏沉沉的状态下，应该可以平安到达大阪的。

这种强制性的异常的酒精摄入逐渐侵入我肥胖的身体。我还是平静地坐在长椅上，但是我能明显地感觉出来，疯狂的酒精开始彻底腐蚀我的灵魂，麻痹我的器官功能。我逐渐地发困，勉强睁大沉重慵懒的眼皮，凝视着热闹、明亮、嘈杂的大街上各种各样的声响和摇曳晃动的光线。

五条桥畔，我看着在东西大道上来来往往的行人，他们被太阳晒得红彤彤的脸大汗淋漓，那脸形就像捏糖人的师傅手中的糖料熔化那样变形。穿着诸如罗绉纱、明石薄绉纱等各种轻薄的沙罗单衣的年轻美女们，那肥嘟嘟的肉体同样无奈地倾诉着如火的炎热，像肥猪一样懒散倦怠。汗水……无数人的汗水不断地发散到热浪腾腾的空气里，在空中飘游，黏糊糊地紧紧粘贴在各处的墙壁、门板上。——"噢，街道上升腾起汗水的雾霭"——似乎听见某个颓废派诗人在吟咏。

如同电影银幕起了褶皱一样，大街上的景象在我的眼里时常扭曲、凹陷、模糊、重影。我已经醉到无法辨别的程度——这是让我增强自信、变得大胆的唯一依靠。

我下决心上车，为了预防自己中途酒醉清醒过来，又买了一瓶威士忌。另外，万一、万一……为恐怖的感觉袭上心头的时候做准备，我又买了碎冰块，用手绢包了两层，作为冰镇脑袋之用。

在上下车人群的拥挤中，我好不容易被挤到检票口，检完票，进入站台，我忽然发现被诅咒的命运正等待着我。我看着正呼哧呼哧大口可怕地喘息，极其傲慢地准备出发的车辆，我的神经就把酒精的醉意践踏得支离破碎，针尖般敏锐的脑袋开始剧烈颤抖。我坐立不安，片刻难耐，感觉魂飞魄散，马上就要发疯或者昏厥，坠入万丈深渊，异乎寻常的恐怖刺激全身，我不由自主地跳了起来。

"对不起，我刚才已经检过票了，但是我要等一个人，过一会儿再上车。"

我对乘务员解释以后，赶紧把冰袋放在额头上，不顾一切地逆着人流跑去，像身后有魔鬼追赶一样，狼狈不堪地跑到站台外面。我一下子瘫倒在长椅上，等待着心脏逐渐平复下来。我仿佛觉得有人在背后对我指指点点地嘲笑着。

——不应该是这个样子的。原先只要喝醉以后，就会麻痹神经，蒙混迟钝神经的敏感性。今天究竟怎么回事？会不会是自己的神经已经兴奋到病态的程度，酒精根本无法麻醉了呢？

两点了。再这样磨磨蹭蹭，耽误时间，别说三点，四点都到不了目的地。如果错过这次体检的机会，就必须在最近的体检日期之前回到东京原来的户籍地。

"我坐火车，要不发疯，要不死去，所以在体检之前根本无法回东京。"

我以这个为由给区役所的征兵科写封信，说明情况，会怎么样呢？他们是否会答复我说"你死也好，发疯也好，必须回来体检"呢？要是这样的话，我感觉一定会强迫自己坐上火车，哪怕变成疯子也要回去。

我真想在体检当天，哭丧着脸对他们大闹一场："看到了吧！就是因为你们逼的，我才发疯了。我没有瞎说，我真的疯了。"

那么，在场的军医会怎么说呢？

"啊，好了好了，回来就好。发疯了还回来。你是一个正直的人，好令人感动。"

军医大概会这样冷嘲热讽地表扬我吧？

我一边继续喝着威士忌，一边愚蠢地捯拉着毫无逻辑关联的各种线头，一个接一个各种荒唐无聊的想法在脑子里闪现飘动，时而偷笑，时而恼怒，时而焦躁，时而抱怨。

其实，静下心认真考虑一下，无非就是要不死，要不疯，要不暂时不回东京这三条路，此外好像没有别的出路。如果不愿意死，如果不愿意疯，那就必须排除万难，毫不犹豫，立马动身去大阪。

但是，如果去不成大阪，在电车里昏厥的话……

"啊啊！"

我深叹一口气，满心怨恨地狠狠盯视电车，从长椅上站起来。索性一不做二不休去先斗町游逛，要不在这里再坚持忍耐一阵子，等着心情平静下来。现在天色渐暮，等到晚上，等到半夜，孤零零蹲在这里，等到末班车发出，但最后还是没有达到我的目的，一事无成地回到木屋町，要是这样的话，倒不如现在就做出决断，心情倒会舒畅一点儿。

忽然听见有人叫我："喂，T君，你要去哪里啊？"

我回头一看，是朋友K。他长脸，五官清秀，一头秀发在额头上方左右分开，巴拿马帽轻轻戴在后脑勺上，穿着白布袜，趿拉着竹皮草履，一身清爽的服装。

我就像露出犯罪的马脚一样，心头一惊，支支吾吾地回答："到……到大阪去……"然后露出一道怪异的笑容。

"嗯，是吗，是上一次你说的征兵体检的事吧……"

K立即明白我的用意，说道："我今天也有点事要去一趟伏见。真巧，我可以陪你走一半路。"

"嗯。"

"给你介绍一下，这是我的朋友A君……"

K不由分说地把他身边的一个男子——皮肤白皙、体态微胖、留着八字胡，显得可爱的三十二三岁的医生介绍给我。

"哦，该上车了。你先请。"

"嗯，谢了……"

我还是含含糊糊地回答，但还是依着K的话，在前头拖拖拉拉磨磨蹭蹭地向着恐怖的、吓人的电车走去。

"请吧，你先请。"

K多次说道，似乎还用手托我的腰。

"那我就先上去了。"

我闭着眼睛，横下一条心，轻巧地跨进去，一进车内，我就立即抓住吊环，把威士忌灌进嘴里（抓着吊环要比坐着多少能够稍微松弛命运之手的感觉）。

A说道："好像你很有酒瘾啊，看上去很能喝。"

"哪里呀，我是不能坐火车，不喝醉的话，就会恶心，无法忍受。"

我对医生说这话，觉得这样的解释有点不合道理。

呜呜……汽笛响起，电车发车出站。

我在心中嘀咕着："我就要死去吧。"

我想，死刑犯上断头台的心情大概就和我一样。

K问道："A君，你觉得怎么样？你看T君的体检能合格吗？"

"是啊，看来问题不大。你看长得胖墩墩的，身体健壮。"

从左右两边的车窗望出去，已经驶出京都市内，郊外的绿叶、树木、道路、丘陵不停地流过。这时，我心中逐渐萌生出看这样子或许可以平安抵达大阪的安心感。

图书在版编目（CIP）数据

猫与庄造与两个女人 / （日）谷崎润一郎著；郑民钦译. —北京：现代出版社，2021.3

ISBN 978-7-5143-8958-6

Ⅰ．①猫… Ⅱ．①谷… ②郑… Ⅲ．①中篇小说—小说集—日本—现代 ②短篇小说—小说集—日本—现代 Ⅳ．①I313.45

中国版本图书馆CIP数据核字（2020）第229889号

猫与庄造与两个女人

作　　者：［日］谷崎润一郎
译　　者：郑民钦
责任编辑：曾雪梅　朱文婷
出版发行：现代出版社
通讯地址：北京市安定门外安华里504号
邮政编码：100011
电　　话：010-64267325　64245264（传真）
网　　址：www.1980xd.com
电子邮箱：xiandai@vip.sina.com
印　　刷：三河市南阳印刷有限公司

字　　数：127千字
开　　本：880mm×1230mm　1/32
印　　张：7
版　　次：2021年3月第1版
印　　次：2021年3月第1次印刷
书　　号：ISBN 978-7-5143-8958-6
定　　价：49.80元